RöLS
GVerlage

„BÜCHER SIND WIE FALLSCHIRME. SIE NÜTZEN UNS NICHTS, WENN WIR SIE NICHT ÖFFNEN."

Gröls Verlag

Redaktionelle Hinweise und Impressum

Das vorliegende Werk wurde zugunsten der Authentizität sehr zurückhaltend bearbeitet. So wurden etwa ursprüngliche Rechtschreibfehler *nicht* systematisch behoben, denn kleine Unvollkommenheiten machen das Buch – wie im Übrigen den Menschen – erst authentisch. Mitunter wurden jedoch zum Beispiel Absätze behutsam neu getrennt, um den Lesefluss zu erleichtern.

Um die Texte zu rekonstruieren, werden antiquarische Bücher von Lesegeräten gescannt und dann durch eine Software lesbar gemacht. Der so entstandene Text wird von Menschen gegengelesen und korrigiert – hierbei treten auch Fehler auf. Wenn Sie ebenfalls antiquarische Texte einreichen möchten, finden Sie weitere Informationen auf www.groels.de

Viel Freude bei der Lektüre wünscht Ihnen das Team des Gröls-Verlags.

Adressen

Verleger: Sophia Gröls, Im Borngrund 26, 61440 Oberursel

Externer Dienstleister für Distribution & Herstellung: BoD, In de Tarpen 42, 22848 Norderstedt

Unsere „Edition | Werke der Weltliteratur“ hat den Anspruch, eine der größten und vollständigsten Sammlungen klassischer Literatur in deutscher Sprache zu sein. Nach und nach versammeln wir hier nicht nur die „üblichen Verdächtigen“ von Goethe bis Schiller, sondern auch Kleinode der vergangenen Jahrhunderte, die – zu Unrecht – drohen, in Vergessenheit zu geraten. Wir kultivieren und kuratieren damit einen der wertvollsten Bereiche der abendländischen Kultur. Kleine Auswahl:

Francis Bacon • Neues Organon • **Balzac** • Glanz und Elend der Kurtisanen • **Joachim H. Campe** • Robinson der Jüngere • **Dante Alighieri** • Die Göttliche Komödie • **Daniel Defoe** • Robinson Crusoe • **Charles Dickens** • Oliver Twist • **Denis Diderot** • Jacques der Fatalist • **Fjodor Dostojewski** • Schuld und Sühne • **Arthur Conan Doyle** • Der Hund von Baskerville • **Marie von Ebner-Eschenbach** • Das Gemeindekind • **Elisabeth von Österreich** • Das Poetische Tagebuch • **Friedrich Engels** • Die Lage der arbeitenden Klasse • **Ludwig Feuerbach** • Das Wesen des Christentums • **Johann G. Fichte** • Reden an die deutsche Nation • **Fitzgerald** • Zärtlich ist die Nacht • **Flaubert** • Madame Bovary • **Gorch Fock** • Seefahrt ist not! • **Theodor Fontane** • Effi Briest • **Robert Musil** • Über die Dummheit • **Edgar Wallace** • Der Frosch mit der Maske • **Jakob Wassermann** • Der Fall Maurizius • **Oscar Wilde** • Das Bildnis des Dorian Grey • **Émile Zola** • Germinal • **Stefan Zweig** • Schachnovelle • **Hugo von Hofmannsthal** • Der Tor und der Tod • **Anton Tschechow** • Ein Heiratsantrag • **Arthur Schnitzler** • Reigen • **Friedrich Schiller** • Kabale und Liebe • **Nicolo Machiavelli** • Der Fürst • **Gotthold E. Lessing** • Nathan der Weise • **Augustinus** • Die Bekenntnisse des heiligen Augustinus • **Marcus Aurelius** • Selbstbetrachtungen • **Charles Baudelaire** • Die Blumen des Bösen • **Harriett Stowe** • Onkel Toms Hütte • **Walter Benjamin** • Deutsche Menschen • **Hugo Bettauer** • Die Stadt ohne Juden • **Lewis Caroll** • *und viele mehr….*

Josephine Siebe

Kasperles Schweizerreise

Inhalt

Mister Stopps kommt nach Torburg

„Brrr, halt!“ Da hielt die Postkutsche vor Torburg, und der dicke Postillon drehte sich um und sagte zu seinem einzigen Fahrgast: „Da sin mer, aber scheene ist's nicht.“

Mister Stopps, ein schrecklich reicher, etwas verdrehter Engländer, streckte den Kopf zum Fenster hinaus und schrie: „Ueiter!“

„Nee, hinein lohnt es sich nicht zu fahren.“

„Uarum?“

„Darum, weil's gebrannt hat.“

„Uas?“

„Na, die Stadt.“

„Uo?“

„Na, potz Wetter, das sieht doch ein Blinder,“ brummte der Kutscher. „Halb Torburg ist niedergebrannt, ein schreckliches Unglück.“

„Ich uill fahren hinein.“ Mister Stopps sah ziemlich ungerührt auf die Brandspuren neben dem Tor. Vor zwei Tagen hatte ein Brand das hübsche, freundliche Städtchen heimgesucht; ganze Gassen lagen in Schutt und Asche. Am Tor standen klagende und jammernde Menschen, und Mister Stopps schaute sie erstaunt an und fragte: „Uas machen sie?“

„Na, tanzen tun se nicht.“ Der Postillon tippte mit dem Finger an die Stirn, sein Fahrgast kam ihm schon etwas seltsam vor. Der aber lehnte sich in den Wagen zurück, schaute in ein rotes Buch und rief: „Ueiter! Von Brand steht hier nichts drin, ich uill nur sehen Merkuürdiges.“

In diesem Augenblick schrien die Leute draußen laut: „Kasperle, oh unser gutes Kasperle!“

„Uas sein das?“ Mister Stopps blickte nun wieder zum Wagen hinaus und sah zu seinem grenzenlosen Erstaunen ein putzlebendiges Kasperle mitten zwischen den Leuten stehen. Es heulte schrecklich, weil ihm die armen Abgebrannten so bitter leid taten.

„Na, das ist halt Kasperle."

„Uer sein – Kahs – Kahs – Kasperle?"

„Na, Kasperle ist Kasperle. Potz Wetter, so ein saudummes Gefrage!" murrte der Postillon. „Jetzt fahr' ich den närrischen Herrn zum Bürgermeister, der mag ihm Antwort geben."

Und mit hü und hott rumpelte die gelbe Postkutsche durch das Tor in das Städtchen hinein, und Mister Stopps rief: „Halten, ich sehen uill Kahs – Kahs –"

Aber wenn der alte Postillon Heinrich einmal fuhr, dann fuhr er, da mochten die Fahrgäste rufen soviel sie wollten. Und weil er seinen Gast für übergeschnappt hielt, fuhr er noch schneller als sonst. Rumpelpumpel, vorbei ging's an Häusern und Schutthaufen. Da war endlich das Bürgermeisterhaus, und Heinrich blies so lange: Trara, trara, ich bin da! bis der Bürgermeister, seine Frau und die Mägde alle angelaufen kamen. „Himmel, was ist los? Brennt's schon wieder?"

„Da drinne sitzt wer!" Heinrich deutete mit der Peitsche auf Mister Stopps. Der steckte sein rundes, großes Gesicht zum Fenster hinaus und fragte; „Sein Sie Vater von Kahs – Kahs – Kahs?" Das verstand niemand, denn Mister Stopps hatte den ganzen Namen schon vergessen, und das war ein Glück. Der Bürgermeister von Torburg hätte es gewaltig übelgenommen, als der Vater Kasperles angesehen zu werden. So sah er aber, daß der Fremde ein reicher Mann war, und weil Heinrich noch schrie: „'s ist 'n reicher Engländer," bekam er nach deutscher Art ungeheuren Respekt. Er machte eine tiefe Verbeugung, noch eine, und fragte: „Was wünschen Sie, mein Herr?"

„Kahs – Kahs –," Mister Stopps würgte an dem Wort herum, und die Frau Bürgermeisterin sagte: „Ach, der Goldene Adler ist niedergebrannt, der Fremde hat Hunger, er will Käse. Komisch, diese Engländer!"

„Aussteigen soll er, meine Pferde sind müde,“ brummte Heinrich. Einen richtigen, lebendigen Engländer hatte man noch nie in Torburg gesehen, darum verneigte sich der Bürgermeister noch einmal und lud den Fremden ein, in sein Haus zu kommen. Der dachte, das ist sicher ein Wirtshaus. Er stieg also aus und rief: „Mein room!“

Daß dies auf deutsch Zimmer hieß, wußte die gute Bürgermeisterin nicht, sie nahm es für englische Sitte und rief: „Flink, Trine, bring Käse und Rum.“ Und dann nötigte sie den Gast in das Wohnzimmer; in dem warf der sich lang auf das Sofa, legte die Beine auf den Tisch und rief wieder: „Ich uill Kahs – Kahs –!“ „Jemine, der hat aber Hunger,“ dachte die Bürgermeisterin und rief flink der Magd zu: „Eil dich doch!“

Und kaum hatte Mister Stopps wieder seinen Mund aufgetan und noch einmal „Kahs“ gesagt, als Trine hereinmarschierte. Sie trug allen Käse, den es im Hause gab, herbei, und weil es so viel war, hatte die Käseglocke nicht gereicht, und sie hatte den Käse auf eine Bratenschüssel gelegt. Er duftete nicht sehr lieblich, und Mister Stopps schrie auf einmal: „Oh!“ und hielt sich seine Nase zu, und dann wieder: „Ooooh!“

„Das ist der Käse,“ sagte die Bürgermeisterin. „Und gut ist er.“

„Oh, no, no, Kahs – Kahs –.“ Mister Stopps merkte, daß man ihn mißverstanden hatte, und weil er Kasperles Namen nicht herausbekam, fing er an Gesichter zu schneiden, mit Händen und Füßen zu zappeln, und der Bürgermeister, seine Frau und Trine starrten verdutzt den sonderbaren Gast an. „No, no, oh schrecklich,“ schrie der und zeigte auf Trine.

„Na, das verbitt’ ich mir, schrecklich bin ich nicht,“ brummte die. „Der Herr ist aber, weiß der Himmel, das reine Kasperle.“

„Oh ja, den ich meine, nicht das da,“ schrie Mister Stopps, deutete auf den Käse und schnitt ein fürchterliches Gesicht dazu. Da rannte Trine mit dem Käse wütend hinaus und rief zweimal: „Alter Kasper, alter Kasper!“

„Dies ich meine! Uas sein das für ein merkuürdiges Ding?“

„Kasperle meint er!“ Der Bürgermeister tippte sich an die Stirn und brummte: „Da kommt ein Kasper zum andern.“

„Erzählen! Ist es ein Menschen?“

„Ih bewahre, Kasperle ist Kasperle.“

Der Bürgermeister sah seinen seltsamen Gast an; der hatte die Füße wieder auf den guten Tisch von Kirschbaumholz gelegt. So etwas! Er nahm kurz entschlossen Mister Stopps an den Beinen, und platsch, da lag der lange Herr auf der Erde.

„Oh!“ sagte der verdutzt, „ich kann machen uas ich uill in meine room.“

„Ach, Unsinn, Rum gibt's hier nicht, das ist kein Wirtshaus.“

„Oh!“ Wieder riß der Fremde seinen Mund auf, als wollte er den dicken Bürgermeister verschlingen. „Uo bin ich?“

„In meinem Haus, und ich bin der Bürgermeister.“

„Ja, und ich bin die Frau Bürgermeisterin,“ rief die rundliche Hausfrau. „Und mir hat noch nie ein Gast seine Füße auf den Tisch gelegt. Es ist mein bester!“

Da begriff Mister Stopps, daß er gar nicht in einem Wirtshaus war, und weil er an den Postillon dachte, der ihn hierhergeführt, rief er empört: „Schafskopf!“

„Na, das verbitte ich mir aber.“ Schwipp, schwapp, griff der Herr Bürgermeister, der trotz seiner Dicke sehr behende war, zu, und pardauz flog Mister Stopps zur Türe hinaus.

Rissel rassel bums! Da lag Trine mit der Käseschüssel. Trine hatte ein bißchen horchen wollen, und da bekam sie unversehens Mister Stopps an den Kopf.

Trine schrie, Mister Stopps brüllte, die Frau Bürgermeisterin weinte, der Bürgermeister schimpfte, aus der Amtsstube kamen die Schreiber. Die Kinder und die Dienstmagd kamen auch angelaufen, und auf einmal kam noch Heinrich, der Postillon, zurück. Der hatte in der Hand den

Regenschirm des Engländers, den der in der gelben Kutsche vergessen hatte. „Jemine, was ist denn nu los?“

„Da ist er, der Schafskopf,“ schrie Mister Stopps.

„Ach so, den haben Sie gemeint?“

Der Bürgermeister sah Heinrich streng an: „Warum hat Er mir den gebracht?“

„Na, er wollte doch durchaus was Merkwürdiges sehen!“

„Ich bin nichts Merkwürdiges,“ schrie der Bürgermeister erbost.

„No, Kahs - Kahs –“

„Kahs - Kahs - da liegt er,“ jammerte Trine, „Kasperle meint er.“

Heinrich rieb sich das Knie. Die ganze Geschichte kam ihm recht sonderbar vor, und dem Bürgermeister kam Mister Stopps auch sonderbar vor, als er hörte, der wollte durchaus Kasperle sehen.

„Ich uill ihn kaufen,“ schrie Mister Stopps, „kauufen!“

„Ach, Unsinn, den gibt unser Organist, Meister Severin, nicht für eine Million her.“

„Ich zahlen uill eine Million.“

„Donnerwetter!“ Beinahe hätte sich der Bürgermeister vor Erstaunen in den Käse gesetzt, aber seine liebe Frau hielt ihn noch fest, und dann holten beide vereint Mister Stopps wieder herein und führten ihn nun in ihre allerbeste Stube. Und diesmal legte Mister Stopps nicht die Beine auf den Tisch, er setzte sich sehr steif auf einen Stuhl. Der Bürgermeister tat es ihm nach, die Bürgermeisterin setzte sich auf das Sofa, und dann fragte Mister Stopps: „Uer sein Kasperle?“

„Ja, wer? Ein unnützes Ding!“ Der Bürgermeister, der eine ungeheure Ehrfurcht vor dem fremden Manne hatte, der für ein Kasperle eine Million zahlen wollte, fing an zu erzählen.

Eine lange Geschichte war es, und wer sie noch nicht kennt, der lese in den drei vorhergehenden Kasperlebänden nach, was Mister Stopps zu hören bekam. Höchst erstaunlich! Da gab es ein putzlebendiges Kasperle, das kein Mensch war und doch einer war. Das achtzig Jahre und länger geschlafen hatte; das in der weiten Welt herumgelaufen war, und das der Herzog August Erasmus jetzt manchmal einlud, und von dem die schöne Gräfin Rosemarie und der berühmte Geiger Michele Freunde waren und vieles andere noch. Und seit vier Jahren lebte das Kasperle in Torburg, war das närrischste Ding, war aller Liebling und Freund, war immer vergnügt und spielte mit dem mächtigen Herzog und dem feinen Marlenchen.

Während der Bürgermeister erzählte, nickte Mister Stopps ein paarmal mit dem Kopf und murmelte: „Uerde ihn kaufen!"

„Ach, du lieber Himmel, so viel Geld haben Sie doch nicht, um 's Kasperle zu bezahlen," sagte da einmal die Bürgermeisterin, die nicht an die Million glaubte.

Und wieder rief Mister Stopps: „Ich geben eine Million!"

„Taler?" fragte der Bürgermeister vorsichtig, der dachte, dieser Fremde könnte ja auch Gröschlein oder Pfennige meinen.

„Pfund," antwortete Mister Stopps.

„Pfund?" Die Bürgermeisterin dachte an die schönen, blanken Pfundgewichte aus Messing in ihrer Küche und sagte kopfschüttelnd: „Was soll man da mit einer Million anfangen!"

Der Bürgermeister aber wußte wohl, daß Pfund eine englische Münze ist und ungefähr sechseinhalb Taler wert war. Er dachte bei sich, dafür könnte man ganz Torburg aufkaufen, und aller Jammer und alle Not hätten ein Ende. Ach, du lieber Himmel, wäre das ein Glück für seine liebe Heimatstadt! Aber Kasperle, Kasperle, würde der sich verkaufen lassen? Der Bürgermeister stand plötzlich mit einem Ruck auf. „Kommen Sie," sagte er feierlich zu Mister Stopps, „wir gehen zu Kasperle."

„Ja, und ich uerde ihn kaufen. Kahs – Kahs –!"

Und damit gingen sie, und die Bürgermeisterin dachte, es ist doch kurios, daß man mit Pfundstücken bezahlt. Ob die dieser Fremde wohl alle mit hat? Dann muß er doch ungeheure Kisten haben. Seltsam, höchst seltsam!

Kasperle wird verkauft

Während Mister Stopps beim Bürgermeister die Beine auf den Tisch legte und mit Trine und der Käseschüssel zusammenstieß, saß Kasperle in einem dunkeln Kirchenwinkel und – weinte.

Das lustige, putzvergnügte Kasperle weinte bitterlich. Aus lauter Mitleid weinte es, während Herr Severin, der Organist, die Orgel klagen und trösten ließ. Ein Bittgottesdienst sollte gehalten werden, und Herr Severin spielte schon still einmal für sich die Orgel, um sie am Sonntag recht herzbewegend tönen lassen zu können.

Kasperle in seiner Ecke schluchzte, und sein kleines Kasperleherz tat ihm bitter weh. So viel seiner liebsten Freunde hatten Haus und Heim verloren, waren in bittere Armut geraten, und das Kasperle dachte: „Was bin ich für ein dummes, unnützes Kasperle, niemand kann ich helfen!" Und dann dachte Kasperle an seine Urheimat, die schöne, ferne Insel, von der er nur wußte, daß es wunderschön dort war. Ach! Kasperle seufzte sehr tief, und just, da hörte er unten in der Nische eine Stimme: „Da oben sitzt er."

Herr Severin unterbrach sein Spiel. Wer wagte es denn, in der Kirche zu reden? Da rief von unten herauf eine Stimme seinen Namen. Es war der Bürgermeister. „Meister Severin," rief der, „können Sie einmal mit Kasperle auf den Kirchplatz, nein, besser in Ihr Haus kommen? Ich habe etwas sehr, sehr Wichtiges mit Ihnen und dem Kasperle zu reden."

„Ich hab' keine Dummheiten gemacht," schrie Kasperle.

„Bewahre, die machst du nie, du bist ja unser goldiges, geliebtes Kasperle," sagte der Bürgermeister.

So hatte der noch nie vom Kasperle gesprochen, aber er dachte, wenn der Engländer von Kasperles Dummheiten hört, dann heidi Million.

„Ich freuen mich sehr.“ Mister Stopps verneigte sich ganz feierlich und höflich, just als wäre das Kasperle ein vornehmer Herr. Das kam diesem ungemein spaßig vor. Es lachte und lachte, wie nur ein rechtes, unnützes, putzlebendiges Kasperle lachen kann. Erst sah Mister Stopps ihn erstaunt an. So ein Gelächter hatte er noch nie vernommen und konnte sich auch nicht erinnern, jemals einen so großen, weit aufgerissenen Mund gesehen zu haben. „Hihihahahahohoho“, lachte Kasperle hoch und tief; man konnte denken, ganz Torburg hätte das Lachen bekommen.

„Hohohohuhuhu.“ Da lachte Mister Stopps plötzlich auch. Er prustete und gurgelte, er wackelte hin und her, hielt sich seinen Magen fest, schüttelte den Kopf und lachte. „Oh gut, sein sehr gut. Dies Kahs – muß ich kaufen.“

Patsch, klappte Kasperle seinen Mund zu. Das Lachen war ihm vergangen. Kaufen, ihn kaufen wollte der Fremde? Kasperle dachte daran, wie schlimm es ihm schon einmal in der weiten Welt gegangen war, und so sehr er eben gelacht hatte, so fürchterlich fing er nun zu heulen an. „Uhhuuuuhuuu.“ Die Tränen tropften und rannen dem Kasperle über das Gesicht; es sah ganz jämmerlich aus.

Mister Stopps erschrak, und wie das Lachen angesteckt hatte, steckte ihn plötzlich der Kummer an; er schnitt verzweifelte Gesichter, kniff die Augen zu, zog den Mund breit und sah drein wie einer, der einen Liter Essig getrunken und ein viertel Pfund Pfeffer verschluckt hat. Potz Wetter, ja, konnte Mister Stopps Gesichter schneiden, beinahe wie das Kasperle selbst.

Das staunte, vergaß das Heulen, begann wieder zu lachen, und gleich lachte Mister Stopps mit. Die beiden hätten vielleicht noch stundenlang gelacht, geheult und Gesichter geschnitten, wenn nicht Herr Severin den Bürgermeister gefragt hätte: „Was soll das? Was ist das für eine Geschichte? Wer ist der Herr, der denkt, unser liebes Kasperle sei zu verkaufen?“

„Ja, kaufen! Ich uill ihn kaufen. Ich geben eine Million.“

„Nä,“ schrie Kasperle, „ist zu wenig, ich bin nicht so billig.“

Mister Stopps machte kugelrunde Augen. Billig nannte sich das Kasperle. Eine Million fand er zu wenig, das war doch ein bißchen toll.

„Eine Million sein viel, sehr viel. Ich kann kaufen ein ganzes Schloß dafür."

„Ich bin doch kein Schloß," schrie Kasperle, „ich bin nicht so billig."

„Ich kaufen ein Museum voll dafür."

„Ich bin auch kein Museum," rief Kasperle jetzt wütend. „Ich bin das einzigste, allereinzigste Kasperle von der Welt."

„Ooooh!" Mister Stopps starrte ihn ehrfurchtsvoll an. Etwas, das niemand sonst in der Welt besaß, zu besitzen, das lockte ihn. Er verneigte sich vor Kasperle und sagte: „Oh, Sie sein nett, äußerst nett!"

Kasperle staunte den Fremden wieder an, und weil es ein Kasperle war, das alles nachmachte, verneigte es sich plötzlich auch so höflich und rief auch: „Oh, Sie sein nett, äußerst nett."

„Ooooh!" Mister Stopps starrte wieder das Kasperle an und schrie: „Uundervoll!"

Und Kasperle schrie auch: „Wundervoll!"

Dem Bürgermeister wurde die Sache langweilig. Er bekam Angst um die Million und redete dazwischen: „Kasperle, allerliebstes Herzenskasperle, denke doch, eine Million will der Mister Stopps für dich geben, und dafür kann Torburg um- und noch schöner aufgebaut werden."

Torburg konnte wieder aufgebaut werden, allen seinen guten Freunden sollte geholfen werden! Kasperle dachte nach, und wenn er nachdachte, pflegte er das allerdümmste Gesicht von der Welt zu schneiden.

„Schön, uundervoll!" schrie Mister Stopps, „ich geben eine und eine viertel Million."

Dem guten Bürgermeister wurde es ganz heiß. Er stieß Meister Severin an und flüsterte ihm zu: „Verkauft doch Kasperle, Meister, und helft Torburg."

„Das kann ich nicht. Ich habe Kasperle gelobt, ihn nie zu verkaufen, und Wort ist Wort. Kasperle mag selbst entscheiden."

„Das ist zu billig," schrie Kasperle, der wußte natürlich gar nicht, wieviel Geld das war.

„Ooooh!" Mister Stopps sah sehr nachdenklich drein. Er hatte zwar erschrecklich viel Geld, aber eine und eine Viertel Million war doch viel.

„Zu billig, zu billig," schrie Kasperle wieder.

„Ich uerde geben eine und eine halbe Million. Dann bist du mein," bot Mister Stopps.

„Zu billig, zu billig!" Kasperle schlug dreimal Purzelbaum, die Sache wurde ihm doch zu gefährlich.

„Bedenke doch, Herzenskasperle, du kannst Torburg helfen," sagte der Bürgermeister.

„Dafür kaufen ich eine Grafschaft," schrie Mister Stopps.

„Ich bin keine Grafschaft, ich bin das einzige lebendige Kasperle und koste zwei Millionen," rief Kasperle, und hopp, pardauz, kasperte er auf dem Kirchplatz herum und schlug einen Purzelbaum über Mister Stopps hinweg. Da setzte sich der erschrocken auf seinen Hosenboden und riß seinen Mund weit auf.

„Uundervoll," schrie er, „ich muß ihn haben!"

„Ich koste zwei Millionen, und in einer Viertelstunde koste ich drei Millionen." Kasperle hatte eine Heidenangst, der Fremde könnte ja sagen, und dabei mußte er doch immer denken: Ich helfe Torburg, Torburg kann wieder aufgebaut werden.

„Kasperle, sei gut, Kasperle, allersüßestes Zuckerherzchen, du mein goldiges Kasperle, hilf uns!" flehte der Bürgermeister.

„Ich bin nicht so billig, ich koste zwei Millionen, zwei Millionen – und vier Wochen Ferien muß ich auch haben," kreischte Kasperle und sprang herum wie ein Besessener.

„Das ist zu teuer!“

„In einer Viertelstunde koste ich drei Millionen.“ Schwapp, schwapp, da hatte Kasperle wieder einen Purzelbaum über Mister Stopps hinweg geschossen, und bums, da saß der auf dem Kirchplatz, und bums, da saß auch der Herr Bürgermeister.

„Na, so ein Blitzkasperle, so ein Wirbelwind!“

„Topp, es gilt, ich uerde zahlen zuei Millionen, Kasperle ist mein!“

Oh Himmel, der Schreck! Kasperle lag auf einmal lang auf dem Boden und verdrehte die Augen fürchterlich.

„Er uird sterbsen,“ jammerte Mister Stopps.

„Tut der nicht.“

„Nä, ich sterbse nicht,“ Kasperle stöhnte, „aber wer zwei Millionen kostet, der muß – muß – ins – Bett – gelegt – werden.“ Kasperle kam es jetzt erst so recht zum Bewußtsein, daß er verkauft war, verkauft an einen wildfremden Menschen.

„Huhuhuhuuuuuu,“ Kasperle heulte laut. Schauerlich klang es, und auf dem Kirchplatz taten sich immer mehr Fenster und Türen auf. Was war nur bei Meister Severin los, daß Kasperle so schlimm heulte? Eine hörte auch das bitterliche Weinen, das war das feine Marlenchen, Kasperles gute Freundin. Die lauschte erschrocken. Was fehlte ihrem Kasperle? Und geschwind lief sie hinüber in das Haus Severins, rannte in die Stube und rief: „Kasperle, mein Kasperle, was fehlt dir?“

„Das sein mein Kasperle, das gehören mir. Ich habe gekaufen.“ Mister Stopps wollte Marlenchen beiseite schieben, aber Kasperle erhob ein fürchterliches Gebrüll. So etwas hatte Mister Stopps, der doch schon Löwen und Tiger hatte brüllen hören, noch nie vernommen. Er fragte den Bürgermeister ganz erschrocken: „Sein er mit Löwen verwandt?“ Kasperle, der Schelm, hörte dies, und er dachte: „Na, Mister Stopps, du sollst mal einen Schreck kriegen.“

Lieber Himmel, klang das schauerlich! Mister Stopps erschrak furchtbar, er kroch eiligst unter den Tisch, der Bürgermeister aber nahm Kasperle, das selbst von Marlenchen angestaunt wurde, ob seines Brüllens, beutelte es tüchtig und rief: „Gleich bist du still, du heilloser Wicht, sonst –“

Ja, was sonst? Mit dem Herrn Bürgermeister war nicht gut umgehen, das wußte Kasperle. Er klappte flink seinen Mund zu und sah plötzlich wieder so lieb und unschuldig drein, als hätte er nichts als gute und freundliche Gedanken im Kopf.

„Ooooh, er sein doch kein Löwe,“ rief der lange Mister Stopps. Er kroch wieder unter dem Tisch vor, und da Kasperle ihm einen Bittblick zuwarf, nahm er es, streichelte es und sagte immer wieder: „Mein sein!“

„Nein, das ist *mein* Kasperle,“ rief Marlenchen empört.

Mister Stopps tippte die Kleine an und fragte: „Sein das auch eine Merkwürdigkeit?“

Aber ach, das feine Marlenchen war wohl ein besonders liebes Menschenkind, doch keine Merkwürdigkeit. Weil es aber ein sehr gutes, kleines Menschenherz hatte, fing es auf einmal bitterlich zu weinen an, als der Bürgermeister sagte: „Kasperle ist verkauft, es stimmt, und damit Punktum und Streusand drauf.“

„Verkauft, wirklich verkauft?“

Marlenchen sah vorwurfsvoll zu Meister Severin auf. Stimmte das? Hatte er wirklich seine Einwilligung dazu gegeben?

Da erzählte Meister Severin alles. Er streichelte das unnütze, törichte, kleine Kasperle und sagte: „Er bringt ein großes Opfer, aber er hilft Torburg aus seiner Not. Eigentlich ist unser Kasperle ein Held.“

Ha, da streckte und reckte sich das Kasperle, und als nun auch noch der Bürgermeister einstimmte und Kasperle auch einen Helden nannte und sagte, gleich wollte er Kasperles Tat ausrufen lassen, da hob Kasperle seine Nase ganz steil in die Höhe.

Auf einmal aber fiel ihm wieder der Abschied ein, fiel ihm ein, daß er aus der kleinen, behaglichen Stadt, in der jeder Kasperle gern hatte, fort mußte, und er rief kläglich: „Aber Ferien, Ferien muß ich haben."

„Oh, uill ich kaufen sie!" Mister Stopps nickte freundlich.

Ferien kaufen, wie war denn das? Kasperle und Marlenchen sahen den langen Herrn höchst erstaunt an. Meister Severin aber erklärte Mister Stopps, was Ferien wären, und der dicke Bürgermeister dachte, nun sagt er gleich „nein".

Aber Mister Stopps erklärte sich auch mit den Ferien einverstanden. Wenn er nun mal eine Merkwürdigkeit besaß, konnte seinetwegen diese Merkwürdigkeit auch Ferien haben, gehören tat sie ihm doch. Er versprach also, er wolle jedes Jahr Kasperle vier Wochen nach Torburg bringen. „Und Sie kommen, mich besuchen." Er verneigte sich vor Marlenchen, als wäre die eine richtige Dame. Marlenchen wurde knallrot und fragte verlegen: „Ja, wo denn?"

„Irgenduo!" Mister Stopps beschrieb mit der rechten Hand einen weiten Bogen: „Ich uohne immer irgenduo, auf ein Schiff, in ein Gasthaus, mal im Norden, mal im Süden, mal da, mal dort."

„Fein," rief Kasperle plötzlich, dem dies arg gefiel. So in der Welt herumreisen, mußte lustig sein. Aber Marlenchen fand das nicht fein, sie sagte ernsthaft: „Irgendwo muß man zu Hause sein." Sie sagte es aber so leise, daß Mister Stopps es nicht hörte, der hatte nur Kasperles Ausruf gehört, und er sagte zufrieden: „Uir uerden uns schon miteinander vertragen, nicht uahr Kahs –?"

„Kasperle heiß ich!" schrie der Kleine.

„Oh, gut, gut, Kahspärle. Oh, sein schöner Name, sein sehr merkuürdig."

„Gelt, sehr merkwürdig. Und nun werde ich's ausrufen lassen, daß unser gutes und allerbestes Herzenskasperle sich für Torburg verkauft hat," sagte der Bürgermeister.

„Zwei Millionen und Ferien!" Kasperle dachte plötzlich, dies wäre doch sehr billig, und er seufzte: „Zu billig, zu billig!"

Da lief der Bürgermeister flink aus dem Hause hinaus. Der dachte: „Das verflixte Kasperle! Nun tut es ihm gar noch leid.“ Meister Severin aber bat den Engländer höflich, er möchte bei ihm zu Tisch bleiben. Mister Stopps war einverstanden; Frau Liebetraut richtete eilig ein Mahl, kochte flink noch Kasperles Lieblingsgericht, denn schon am Abend wollte Mister Stopps abreisen. Er hatte einen ganzen Koffer Gold mit und konnte Kasperle gleich bezahlen.

Und während Frau Liebetraut den Tisch rüstete, Kasperle mit Marlenchen und dem Prinzen, der gerade aus der Schule heimkam, noch einmal im Garten herumtollte, rannte der Stadtdiener durch die Gassen Torburgs, schwang eine große Klingel mit Bimelimbimbim und rief laut dazu:

„Hört, ihr Torburger Bürgersleut’
Eine Neuigkeit gibt es heut’.
Unser gutes Kasperlein
Hat gesagt: In Not nicht sein
Soll Torburg, und als Mister Stopps
Zwei Millionen geboten hat
Für die liebe, arme Stadt,
Kasperle mit einem Hopps
Ziehet in die weite Welt,
Schenkt uns all das viele Geld.“

Na, da staunten die Leute. Erst dachten sie, die Stadt wäre verkauft, und der Stadtdiener wurde ganz böse, er meinte, wunderfein gedichtet zu haben.

Alle guten Geister, zwei Millionen sollte Torburg erhalten! Als die Leute das begriffen, waren sie nun aufs allerhöchste verwundert. Die meisten wußten gar nicht, wie viel Geld das war, aber sie schrien doch alle: „Kasperle lebe hoch, unser Zuckerkasperle, unser geliebtes, süßes Kasperle soll hochleben! Unser guter Freund, unser Stolz, hoch! Kasperle lebe hoch!“ Und alle redeten aufgeregt zusammen, lobten und priesen das

Kasperle, nannten es einen Glückstag, und zuletzt beschlossen sie, dem Kasperle zum Abschied ein neues, buntes Seidengewand zu schenken und ihm ein Ständchen zu bringen. Sämtliche Näherinnen der Stadt mußten eiligst Stück um Stück zusammenflicken, die Sänger aber übten ein wunderfeines Lied ein, das Herr Museritz, der Lehrer, flink dichtete.

Ganz wundervoll sollte alles werden.

Torburg stand beinahe Kopf vor Erstaunen. Alle sahen im Geiste ihre abgebrannten Häuser neu und schön aufgebaut; ja, der Schneidermeister Mutz sagte, nun bekäme er sicher sogar ein Sofa, das hatte er sich schon lange gewünscht.

„Und ich einen neuen Küchenschrank,“ rief die dicke Witwe Rumpelbach.

„Und ich eine Kuchenschüssel,“ sagte ein schüchternes Frauchen.

„Wir schreiben alles auf,“ schlug der Schuster Hirsebrei vor.

„Ja, aufschreiben ist das beste, wir machen eine Bittschrift, und wenn Kasperle seinen Namen drunter setzt, dann ist es gut.“

Und so machten sie es.

Eine vergnügte Abschiedsfeier

Das feine Marlenchen hatte mit Kasperle das allertiefste Mitleid. Es dachte sogar, Kasperle würde nur noch weinen, und gar nichts mehr essen können. Doch darin irrte sich die kleine, gute Freundin sehr.

Kasperle heulte zwar erst eine Weile erbärmlich, aber als dann der Bürgermeister selbst den allerschönsten Kuchen schickte, den Torburgs einziger Zuckerbäcker, Meister Dusterling, in seinem Laden hatte, da schmauste Kasperle für drei. Erst heulte er noch dabei, weil aber der Kuchen gar so gut schmeckte, stopfte er immer mehr und mehr in seinen Mund und vergaß das Heulen.

Meister Severin, der, trotzdem er Kasperle sehr, sehr ungern hergab, sich doch freute, daß die armen Abgebrannten nun ohne Sorge an den Wiederaufbau ihrer Häuser denken konnten, tröstete auch: „Du hast ja Ferien, und dann besuchst du uns immer.“

„Ferien, ja Ferien!“

Kasperle wußte wohl, dies war etwas Köstliches. Und je mehr gute Dinge er aß, desto mehr wuchs seine Ferienfreude. Zuletzt dachte Kasperle, der Schelm, überhaupt nicht mehr an Mister Stopps, sondern nur an die Ferien. Und als Mister Stopps am Spätnachmittag kam und sagte: „Uir fahren heute noch!“ Da schrie Kasperle: „Erst muß ich Ferien haben!“

Na, gleich eine Sache mit Ferien anfangen zu wollen, das war etwas viel verlangt. Mister Stopps sagte es, selbst Herr Severin stand Kasperle nicht bei, und auch das feine Marlenchen meinte: „Kasperle, das geht nicht!“

Da hing der Schelm die Nase, sah wie ein betrübtes Lohgerberlein drein, wagte aber doch kein Gegenwort. Weil der Kuchen ohnehin alle war, dachte er, nun kann ich ja wieder heulen, und schon wollte er damit beginnen, als Mister Stopps eine ungeheuer große Zuckertüte aus der Tasche zog. Die bekam Kasperle, und glücklicherweise lief der Zuckertüte nicht gleich die Mahnung hinterdrein: „Iß nicht so viel!“

Kasperle zog also ganz getröstet mit Marlenchen und der Zuckertüte in den Garten, dort gesellte sich sein Freund, das Prinzlein, dazu, und die Zuckertüte wurde geteilt. Kasperle war gut. Marlenchen bekam die besten Bissen, aber Marlenchen war nicht wie Kasperle, die konnte vor Kummer nicht essen. Da fing Kasperle wieder mit Heulen an, dazwischen steckte er ein Zuckerle nach dem andern in seinen Mund, und so verging mit Heulen und Schmausen der Nachmittag.

Und dann kam etwas Wunderbares. Mister Stopps dachte just an das Weiterfahren, als der Bürgermeister kam und bat, er möchte noch bis morgen früh bleiben, Torburg wollte Kasperle feiern. Und ganz Torburg lief auf dem Kirchplatz zusammen zur Kasperlefeier, und als Mister Stopps das sah, versprach er das Bleiben. Die Feier war sehr rührend und lustig zugleich. Erst sangen Sänger ein Wanderlied. Dann kletterte der dicke Bürgermeister auf einen Stuhl, der auf einem Tisch stand, und hielt eine Lobrede auf Kasperle, und ringsherum standen alle Buben und Mädels von Torburg mit bunten Papierlaternen, und allemal, wenn der Bürgermeister sagte: „Unser allerbestes, herzensgutes Kasperle," da schwenkten sie die Laternen. Wunderhübsch sah es aus, und zuletzt sagte der Bürgermeister: „Kasperle lebe hoch!" und dabei purzelte er vom Tisch, und alle dachten, er habe das getan, damit Kasperle oben stehen sollte. Da hoben sie Kasperle auf den Stuhl, und während sich der arme Bürgermeister rieb, denn er hatte sich braun und blau geschlagen, kasperte Kasperle auf dem Stuhl herum. Es war eine herrliche Feier.

Die Sänger sangen: „Wem Gott will rechte Gunst erweisen, den schickt er in die weite Welt," und Kasperle steckte vor Rührung sein rechtes Bein in den Mund. Und weil das noch nicht half, wollte er auch sein linkes Bein in den Mund stecken, aber das war zuviel und auf einmal lag Kasperle auf dem Bürgermeister, der gleich umfiel, und alle riefen: „Jetzt soll Mister Stopps reden!"

„Au," stöhnte der Bürgermeister, denn Kasperle lag gerade auf seinem Bauch. Aber dann stand Kasperle auf, und der Bürgermeister stand auf, und Mister Stopps kletterte auf den Tisch und sagte: „Uerte Festgenossen! Ich haben Kahspärle –"

„Kasperle heißt es," schrien ein paar Buben.

„Kahspärle, uohl, uohl! Kahs – pärle."

„Kasperle heiß ich," brüllte Kasperle.

„Gekaufen," schloß Mister Stopps.

„Gekauft heißt es," rief ein Bube naseweis.

„Für eine – – –"

„Zwei," schrie der Bürgermeister.

„Oh, zwei Millionen! Das sein sehr viel."

„Ich bin mehr wert," brüllte Kasperle, „drei Millionen bin ich wert."

„Ja, das ist er wert,“ riefen Buben, Mädel, Männer, Frauen, alle durcheinander.

„Zwei Millionen sein genug, und –“

„Ferien,“ schrie Kasperle.

„Ja, Ferien,“ brüllten alle Schulkinder, „und die muß er in Torburg verleben.“

„Ja, er soll leben,“ stotterte Mister Stopps, „und nun sein ich fertig, und – –“

Pardauz, da fiel auch Mister Stopps von oben herab.

„Hurra, hurra!“ schrien die Torburger, die dachten, dies wäre wie vom Bürgermeister eine neue Mode, vom Rednerstuhl herabzusteigen.

„Hurra, hurra!“

„Jetzt kommt Meister Severin,“ sagte plötzlich jemand.

Wirklich stieg Meister Severin auf den Tisch.

„Er fällt dann auch runter, fein!“ riefen die Buben.

Doch Meister Severin fiel nicht herab. Der nahm seine Geige und begann wunderherrlich zu spielen, so schön, wie ihn noch niemand hatte spielen hören. Kasperles Abschiedslied spielte er. Die Geige weinte und klagte, und das Kasperle weinte auch, dicke Tränen rollten über sein schalkhaftes Gesichtlein.

Es weinten überhaupt viele. Am allerheftigsten begann aber plötzlich Mister Stopps zu weinen. Steif, feierlich saß der auf der Kante des Tisches, auf dem Meister Severin stand, und steif und feierlich hielt er ein großes himmelblaues seidenes Taschentuch in der Hand, in das seine Tränen liefen.

Niemand lachte, denn Meister Severins Spiel hielt alle im Banne. Alle waren gerührt, und selbst der Bürgermeister dachte dabei: „Ist doch schade, daß unser Kasperle weggeht.“

Und als Meister Severin fertig war, kletterte Mister Stopps wieder auf den Tisch. Er schwenkte sein himmelblaues Taschentuch und rief: „Ich uerden gut mit ihm sein!“

„Hurra,“ riefen alle, „Kasperle soll es gut haben.“

Kasperle rief mit, und dann wäre Meister Severin beinahe umgefallen, denn Kasperle hing plötzlich an seinem Halse, und Mister Stopps merkte, daß auch ein armes, unnützes Kasperle tiefes Leid haben kann. Er klopfte Kasperle auf die Schulter und sagte: „Sein nicht bange, uir kommen bald uieder.“ Das war ein Trost.

Einer der Abgebrannten kletterte nun auch auf den Tisch und sagte Kasperle viel tausend Dank, und wieder schrien alle: „Kasperle soll leben hoch! hoch!“

Da dachte das Kasperle: „Nun werde ich ihnen doch noch etwas vorkaspern.“ Er kletterte also wieder auf den Tisch, und seine Freunde riefen ängstlich: „Fall nicht runter!“ Doch Kasperle fiel diesmal nicht herab. Er machte zwar die tollsten Sprünge, schnitt die allerseltsamsten Gesichter, sah einmal wie der, einmal wie jener aus Torburg aus, und Mister Stopps riß seine kugelrunden Augen immer weiter auf.

„Nein, war das Kasperle spaßig!“

Dem langen Herrn wurde das Stehen zu mühsam, so sehr mußte er lachen, er sah sich nach einem Sitze um und – –

„Jemine, jetzt sieht das Kasperle wie unser Herr Bürgermeister aus,“ riefen die Torburger, und ein gewaltiges Lachen erhob sich.

Bumbum!

Was war denn das wieder?

Zwei Beine stocherten in der Luft herum. Einer schrie jammernd: „Meine Trommel, meine Trommel!“

Kasperle lachte wie toll, und die Leute, die etwas abseits standen, reckten die Hälse und fragten: „Was ist denn los?“

Ja was!

Mister Stopps war in die große Trommel gefallen. Er hatte gedacht, auf eine Trommel könnte man sich setzen, doch da die Trommel anderer Meinung war, platzte sie.

Meister Severin faßte Mister Stopps am rechten Bein, der Bürgermeister am linken, und heidi hopsassa, da war er wieder draußen.

„Komisch," dachte Mister Stopps, „sehr kurios!"

Man muß es sagen, er machte dazu ein arg dummes Gesicht, und flink machte ihm Kasperle das Gesicht nach.

„Er sieht aus wie Mister Stopps," jauchzten die Leute.

„Uer sehen aus wie ich?"

„Kasperle, Kasperle."

„Oh, sehr kurios, sehr kurios!"

„Fein, Kasperle, fein!"

Mister Stopps nahm so etwas nicht übel, der fand es so seltsam, daß Kasperle aussehen konnte wie er, daß er erst vor Staunen seinen Mund riesengroß aufriß und dann laut lachte.

Na, Mister Stopps konnte beinahe wie Kasperle lachen. Ein paar Buben meinten sogar: „Vielleicht ist's ein altes Kasperle!"

Der lange Herr lachte gewöhnlich nur einmal im Jahr, aber dann gründlich. An diesem Tage aber lachte er, als hätte er drei Jahre nicht gelacht. Kasperle lachte mit, er hopste und sprang, Mister Stopps lachte, und das Lachen steckte an.

War das eine vergnügte Abschiedsfeier! Das Lachen schallte nur so über den Kirchplatz. Selbst die griesgrämigsten Leute lachten, und zuletzt sagte Mister Stopps: „Ich sein glücklich, das Kahspärle zu haben."

„Kasperle, Kasperle!" brüllten die Torburger Buben.

„Oh, uell, Kahspärle. Ich lieben ihn."

Kasperle legte plötzlich den Kopf auf die Seite, schielte Mister Stopps an und brummte: „Ich dich nicht!"

„Aber Kasperle!“ mahnte der Bürgermeister.

„Oh, er liebt mir nicht!“

„Mich,“ schrien die Buben wieder.

„Mich nicht! ich bin traurig!“

Und da sagte Kasperle, das wilde, lachlustige Kasperle plötzlich ganz ernsthaft: „Ich hab’ dich auch lieb, aber –“

„Uas aber?“ fragte Mister Stopps.

„Die lieb’ ich lieber.“ Kasperle zeigte im weiten Bogen herum, und alle Torburger konnten denken, er meinte sie. Sie riefen denn auch alle wieder hoch und hurra, schwenkten die Taschentücher, die Musik spielte, die Sänger sangen, Kasperle hopste und sprang, kurz und gut, es war eine sehr vergnügliche Abschiedsfeier.

Meister Severin sagte zu seiner schönen Frau Liebetraut: „Es wird ihm doch nicht zu schwer.“

Aber ach, dem Kasperle tat sein kleines Herzchen doch arg weh. Und als er in seinem Bette lag und dachte, es ist das letzte Mal für lange, lange Zeit, da fing er plötzlich herzbrechend zu weinen an und klagte: „Nie hab’ ich eine rechte Heimat, immer muß ich wandern!“

„Oh du armes Kasperle, du!“ Frau Liebetraut, die das Kasperle wirklich recht wie eine gute Mutter lieb hatte, streichelte den armen, traurigen Schelm. Meister Severin aber holte sich die Geige, und dann setzte er sich an Kasperles Bett und spielte nur ihm allein das allerschönste Abschiedslied.

Da meinte Kasperle plötzlich, er wäre draußen im alten, lieben Waldhaus, es zöge wieder wie einst mit Meister Severin über Berg und Tal, und sein trauriges Herzlein wurde still. Ganz sacht kam der Schlaf, schloß Kasperles Schelmenaugen, fröhliche Traumengelchen setzten sich an sein Bett, und das Kasperle schlief ein, schlief zum letztenmal in Meister Severins Haus so friedlich und fest wie schon viele, viele Nächte nicht. Kasperle wachte nicht einmal auf, und schlaftrunken drehte er sich um, als auf einmal auf dem Kirchplatz Wagenrollen erklang, und der Postillon grade unter seinem Fenster mit seiner Knurrstimme traurig sang:

„Traratrara,
Die Post ist da,
Will mit Kasperlein
Fahren in die Welt hinein,
Traratrara in die weite Welt.
Zwei Millionen sind viel Geld.“

Kasperle drehte sich einmal um, als Frau Liebetraut rief: „Aufstehen!“ dann noch einmal, und dann schlief er wieder. Rrrrrrrrr rasselte er ein Schnarcherlein herab, und als Frau Liebetraut wieder rief und ihn schüttelte, brummelte er: „Nä, ich mag nicht!“

Ach, du lieber Himmel, das half aber nichts, Kasperle mußte aufstehen und mit Mister Stopps in die weite, weite Welt reisen.

Die Abreise

Mister Stopps hatte gedacht: Früh reisen ist am besten, gestern ist genug Abschied genommen worden.

Das war schon klug gedacht, aber die Torburger dachten halt anders; die Buben und Mädels besonders, die sonst gern recht lange in den Federn lagen, waren an diesem Morgen schon vor Sonnenaufgang putzmunter. Der alte Postillon hatte nämlich Kasperles frühe Abreise verraten. Dem tat es leid, daß Kasperle so ohne nochmaligen Abschied davonfahren sollte, darum sang und blies er auch laut durch alle Gassen, Mister Stopps konnte es ihm verbieten, so viel er wollte.

„Kasperle reist ab!“

Da purzelten alle Buben und Mädels aus ihren Betten, da liefen und rannten die Großen herbei, um rechtzeitig fertig zu werden. Der

Zuckerbäcker tat seinen Laden auch in aller Morgenfrühe auf für diejenigen, die Kasperle eine Abschiedstüte schenken wollten. Und alle, die dem Haus nahe standen, rannten in den Laden und kauften: keine Zuckerles, keine roten oder weißen Lutschstengel, keine Küchlein, kein Stückchen Schokolade blieben mehr übrig, alles, alles wurde für Kasperle gekauft. Und Meister Dusterling gab die schönsten Schächtelchen und Kästchen her, er selbst aber schenkte die allerfeinste Zuckerschachtel.

War das ein Gewusel, ein Schreien und Lärmen im Städtchen! Wie vor einem großen Festtag. Der Bürgermeister sah immer den Schein an, den der Engländer ihm gegeben, und rechnete und rechnete, und immer wieder kam heraus, alle Häuser konnten neu aufgebaut und eingerichtet werden. Und immer wieder kam ihm ein Ratsherr in die Stube gelaufen und fragte: „Hat er wirklich zwei Millionen bezahlt? So wertvoll war ein Kasperle? Unglaublich!"

Die Bäcker hatten am Abend vorher noch eine Beratung gehabt, und statt Morgenwecken buken sie alle Kasperlebrötchen. Und gerade als Mister Stopps Umschau nach der Postkutsche hielt, rannten die Bäckerjungen von Haus zu Haus und schrien: „Wir bringen Kasperle, lauter frische, warme Kasperle!" Zwei Bäckerjungen trugen einen großen Korb frisch gebackener Kasperle auch in Meister Severins Haus, und Kasperle sah da seine Ebenbilder mit Rosinenaugen, und er aß gleich sechs Stück und hätte auch noch mehr gegessen, aber Frau Liebetraut sagte: „Kasperle, es wird dir schlimm, wenn du so viel warme Kasperlebrötchen aufißt." Sie packte einen Korb voll ein, denn alle Bäcker schickten an diesem Morgen Kasperle zu Meister Severin. Und alle Torburger aßen frischgebackene Kasperle-Brötchen, und Kasperles gute Freunde verdarben sich bald den Magen daran. Nur das feine Marlenchen weinte, als sie ihren kleinen Freund als Kuchen vor sich sah. Sie aß keinen Bissen und stand dann bitterlich weinend vor der Haustüre, als draußen mit trara die Post angefahren kam. Kasperle war stuppsatt, er hatte sich seinen Abschiedskummer mit lauter Kasperles weggegessen, als er aber Marlenchen so bitterlich weinen sah, fing er zu heulen an. Mister Stopps erschrak. Gestern hatte Kasperle gelacht und geweint, das war ihm manchmal etwas laut erschienen, aber so ein Geheule, das liebte er ganz und gar nicht, das war, als holte Kasperle alle Tränen aus dem Herzen. Ganz erschrocken sah Mister Stopps den Bürgermeister an. Er heulte wie ein Mensch.

Aber er ist keiner, Kasperles haben das so an sich.

„Uunderlich." Mister Stopps nahm seine Brille und starrte Kasperle an, und da ging es bei Kasperle einmal wieder wie schon so oft, daß neben dem Weinen das Lachen stand. Mister Stopps mit der Brille auf der Nase erschien ihm so seltsam, wie er seinem Herrn. „Huhuhähä!" Kasperle lachte, wie eben nur ein Kasperle lachen kann. Mit einem lachenden Kasperle fertig zu werden, traute sich Mister Stopps schon zu, das war nicht so unheimlich wie ein brüllendes. Er nahm Kasperle beim Kräglein, steckte ihn in die Postkutsche und rief: „Fahren!"

Aber Mister Stopps hatte nicht mit den dankbaren Torburgern gerechnet. Die wollten nicht um ihren Abschied kommen. Ein lautes Rufen und Schreien erhob sich, ein paar Buben brüllten den Postillon an: „Nicht fahren!"

„Ich fahre ja nicht, nehmt nur erst Abschied," versicherte der. Er holte sich eine Pfeife aus der Tasche, zündete die gemächlich an und rief: „Meinetwegen kann's lange dauern!"

Und es dauerte lange. So einen Abschied hatte Mister Stopps noch nie erlebt. Was geschah da alles! Was wurde alles in die Kutsche geladen: Zuckertüten, Pakete und Körbe, Obst und Kuchen, Würste und Eier, alles brachten die Torburger an. Die Freunde Kasperles schenkten ihm altes Spielzeug, ein paar zerlesene Bücher, die kleinen Mädchen heulten, Marlenchen schluchzte immer bitterlicher, und die Buben versicherten mit trotzigen Blicken auf Mister Stopps: „Reiß nur aus, wenn er böse wird."

„Das geht nicht, Kasperle muß bleiben," rief der Bürgermeister, dem es himmelangst wurde, denn er dachte, dann müsse er alles Geld wieder hergeben.

Die Buben sagten aber: „Verkauft ist verkauft, aber daß er nicht ausreißen darf, hat Mister Stopps nicht gesagt.“

„Ausreißen? Er darf nicht ausreißen,“ rief der lange Engländer erschrocken.

„Er darf. Gelt, Kasperle, du reißt bald aus?“

„Himmel, Hagel, jetzt fährst du aber los,“ herrschte der Bürgermeister den Postillon an. Doch der rauchte in aller Ruhe seine Pfeife und brummelte gelassen: „Erst sollen sie noch spielen.“

Ja, die Torburger Musikanten wollten Kasperle noch ein Ständchen zum Abschied spielen. Sie sammelten sich gerade, und alle dachten, nun wird's richtig, aber sie hatten alle nicht mit den alten Postpferden gerechnet.

Traratrara, bumbumbum, dideldideldum, ging es los. Mister Stopps hielt sich erschrocken die Ohren zu, die Postpferde aber spitzten sie. Beide dachten daran, daß sie einstmals Soldatenpferde gewesen waren, und daß sie bei Musik immer flott gelaufen waren. Also liefen sie, hoppla, hopp, und rumpelpumpel rollte die Postkutsche plötzlich über den Kirchplatz. Der Kutscher schrie: „Halt, halt!“ Die Buben brüllten, der Bürgermeister sank in Herrn Severins Arme. Kasperle kreischte. Marlenchen jammerte, Mister Stopps lag in der Kutsche auf der Nase, aber alles half nichts, die Pferde rannten immer schneller. Die Musikanten waren so erschrocken, daß sie immer lauter und schneller spielten; es gab keine Takte und keine Pausen mehr.

Bumbumbumbum, traratraratrara, dideldideldum, tönte es, und risselrassel fuhr die Kutsche zum Tore hinaus, fuhr an verbrannten Häusern, am Zuckerbäcker Dusterling und an der Obstfrau vorbei. Da lag Meister Helmers Garten, in dem es nach dem Brand wüst und öde aussah, da lag das freie Land, und da lag der Postillon im Graben. Weiter ging es, immer weiter, die Pferde kannten ihren Weg.

Der Postillon erhob sich schimpfend. Er rannte dem Wagen nach und schrie immerzu: „Halten, Hans, Liese!“, denn so hießen die Pferde, aber die hielten nicht.

Mister Stopps, der sich mit vieler Mühe erhoben hatte, stöhnte: „Es gibt ein Unglück!“ Kasperle war zwar erst auch etwas verdutzt gewesen, dann hatte er sich aber doch besonnen. Warum sollte er, Kasperle, nicht auch einmal Kutscher sein? Er kletterte also auf den Bock, erwischte die Zügel, und ruck standen die Pferde! Kasperle hatte sich wie ein Bleiklötzlein an die Zügel gehängt.

„Halt, halt!“ Der Postillon sah den Wagen stehen, er dachte: Nun erreiche ich ihn doch noch; aber er hatte nicht mit Kasperle gerechnet. Der dachte, ich kann auch allein fahren, und auf einmal schrie er: „Hüh hott,“ schwenkte die Peitsche, die der Kutscher im Peitschenhalter hatte stecken lassen, und heidi weiter ging die Fahrt.

„Oh Kahspärle!“ stöhnte Mister Stopps. „Du mußt hal –“

Ruck ging es über einen großen Wegstein, und Mister Stopps klappte wieder wie ein Taschenmesser zusammen.

„Halt, halt!“

„Hüh hott, hüüüüüh!“

„Kahspärle!“

Bums da war wieder ein Stein, nun kam ein Loch, die Postkutsche wackelte hin und her wie eine junge Gans, die das erste Mal spazieren geht. War das eine wilde Fahrt!

Kasperle vergaß auf seinem Kutschbock alles Abschiedsleid. Er zappelte hin und her, zog mal rechts, mal links die Zügel, und den braven Postgäulen wurde es himmelangst; so im Zickzack zu fahren, waren sie nicht gewohnt. Aber Mister Stopps auch nicht. Der lag im Wagen, zappelte mit Beinen und Armen und, stöhnte: „Anhalten, anhalten!“

Ruck, da fuhr der Wagen wieder nach rechts, da war ein Graben, und die gute, alte Postkutsche überlegte: „Soll ich hineinfallen?“ Aber sie war eine vernünftige alte Dame, also fiel sie nicht in den Graben, sondern richtete sich wieder auf. Sie ließ sich weiterziehen, und derweil die Postpferde auch schon anständig und nicht mehr Springinsfelde wie Kasperle waren, dachten sie, beim nächsten Wirtshaus halten wir.

Und da stand auch wirklich, noch ehe alle im Graben lagen, ein Wirtshaus, und die Pferde hielten vor dem Goldenen Knopf zu Amberg. Ruck, da standen sie. Den Goldenen Knopf und das Städtchen kannten sie. „Hü hott hüüüüüh," schrie Kasperle. Er schwenkte die Peitsche, zog rechts den Zügel, zog den links, aber alles half nichts, Postpferde, die vor einem Wirtshaus stehen, lassen sich auf solche Kasperlepossen nicht ein.

Und Mister Stopps fand endlich wieder Kraft. Er packte Kasperle am Kräglein und zog ihn neben sich auf den Sitz, und dann rief er laut und dringlich nach dem Wirt, der Wirtin, dem Hausknecht, dem Stubenmädchen, der Köchin, nach allen, die im Haus sein konnten. Und alle kamen angelaufen, und es gab ein großes Verwundern und Fragen über die seltsame Geschichte. Weil nun aber Kasperle im ganzen Lande bekannt war, gab es ein großes Geschrei, als Mister Stopps sagte: „Der Kahspärle gehört mir!"

„Das ist geraubt," rief die Wirtin laut.

„Oh nein, er gehören mir, ich haben ihn gekauft," erwiderte Mister Stopps.

„Für zwei Millionen!" schrie Kasperle, denn auf den Preis war er ungeheuer stolz. Und dann erzählte er selbst die ganze Geschichte, denn Mister Stopps hatte von der ausgestandenen Angst fast den Atem verloren. Er ächzte nur einige Male: „Gehört mir!"

„Na, wenn das Kasperle es selbst sagt, dann muß es doch wahr sein," sagte die Wirtin.

„Du bist ein Tausendsassa," rief der Wirt, „aber wo in aller Welt hast du denn den Kutscher gelassen?"

Ja, wo war der Postillon? Der keuchte noch die Landstraße entlang und Mister Stopps und Kasperle saßen schon beim Mittagessen, als er anlangte. Er sah den Postwagen vor der Tür und ahnte gleich, die Pferde waren stehen geblieben. Er wollte heftig schelten, aber da sagte der Wirt: „Warum bist du denn heruntergefallen? Ein Postillon, weiß der Himmel, darf doch nicht von seiner Postkutsche fallen. Das ist gerade so, als wenn ein Kirchturm von der Kirche fällt. Kasperle war am gescheitesten, der ist hierhergefahren. Geh hinein, drinnen sitzen sie.“

Kasperle saß am Mittagstisch und aß. Mister Stopps hatte auch essen wollen, aber dem blieb vor Erstaunen der Bissen im Munde stecken. Konnte das Kasperle schlingen, trotzdem er so viele gebackene Kasperle aufgegessen hatte!

Mit der Suppe war es noch gegangen, beim Braten wurde es schlimm, beim Pudding aber ganz schlimm. Selbst der Wirt staunte.

„Oh,“ rief Mister Stopps betrübt, „sie haben ihn hungern lassen. Armes Kahspärle, hast nichts gegessen heute?“

„Doch,“ sagte Kasperle. Er holte sein gebackenes Ebenbild von Teig aus der Tasche, zeigte es und sagte: „Sechzehn Stück davon.“

„Heute schon?“ fragte der Wirt verdutzt.

„Na, das ist doch wenig.“ Kasperle steckte gleich ein gebackenes Kasperle auf einmal in den Mund, aber selbst ein Kasperlehunger geht einmal zu Ende. Der kleine Schelm war eigentlich pumpelsatt. Und weil er nun sein gebackenes Ebenbild quer in den Mund gesteckt hatte, konnte er auf einmal nicht mehr schnaufen.

„Hollahopp!“ sagte der Wirt. „Mir scheint, Kasperle geht die Luft aus.“ Bums flog ihm Kasperles Bein an die Nase, das Teigkasperle rutschte bei dieser heftigen Bewegung hinunter, und Mister Stopps fragte erstaunt: „Oh, warum tust du das?“ Wenn Kasperle nur nicht ein Schelm gewesen wäre. Er zog ein Gesicht, als könnt er nicht bis drei zählen, und sagte: „Wenn ich das Bein hebe, kann ich besser essen.“

„Kurios!“ Mister Stopps schüttelte erstaunt den Kopf, steckte ein großes Käsebrot in den Mund, und da setzte sich der Wirt erschrocken auf einen Stuhl, denn sein Gast warf mit dem Bein eine Weinflasche vom Tisch und schrie und hustete, aber das Käsebrot wollte nicht in den Magen gehen, das war schon eine schöne Geschichte.

Der gute Mister Stopps wäre beinah erstickt. Der Arzt mußte geholt werden. Der kam geschwinde, zog das Käsebrot Mister Stopps aus dem

Munde, klopfte dem Herrn lustig auf den Rücken und sagte: „Wie haben Sie das angestellt?"

Weil Mister Stopps kein Wort sagen konnte, erzählte der Wirt die Geschichte, und der Doktor Zimmermann sah den Engländer von oben bis unten an und brummte: „Ja ja, Sie sind aber auch kein Kasperle. Was *das* kann, können *Sie* noch lange nicht."

„Das stimmt," rief der Wirt.

„Stimmt," schrie Kasperle dem Doktor in die Ohren. Doch der wußte was eine rechte Maulschelle ist. Oh jemine! Kasperle kroch gleich unter den Tisch vor Schreck. Und wenn Mister Stopps etwas hätte sagen können, so hätte er etwas gesagt. Aber Mister Stopps war so angegriffen von dem Verschlucken, daß er sich ins Bett legen mußte. Kasperle tat es ihm nach, und beide verschliefen den ganzen schönen Nachmittag.

Eine furchtbare Räubergeschichte

Kasperle und sein neuer Herr wachten grade zur Abendbrotzeit auf. Mister Stopps tat es zuerst. „Hm," stöhnte er, „hier sein ein Hund."

„Nä," rief Kasperle, den das Wort munter gemacht hatte, „hier sein mein Magen."

„Oh komisch, sehr komisch!"

„Ich hab' Hunger!"

„Ich auch!" Mister Stopps merkte nun, daß auch sein Magen ein Loch hatte, er stand also auf und sagte: „Kahspärle, uir uollen essen."

Dagegen hatte Kasperle nichts einzuwenden. Ja, er fand, Mister Stopps wäre sehr vernünftig, und vergnügt trabte er hinter ihm drein die Treppe hinab, und beide betraten zufrieden und hungrig die Gaststube. Der Arzt, Doktor Zimmermann, saß als einziger Gast darin, und Mister Stopps machte ihm sehr höflich eine tiefe Verbeugung. Kasperle machte die Verbeugung nach, und so tief, daß er mit dem Kopf auf den harten Fußboden aufbummste.

„Je, das hat ein Loch gegeben," rief der Arzt ganz erschrocken.

Ach, was wußte der von einem Kasperlekopf, der hielt schon was aus. Kasperle grinste vergnügt. Er kletterte auf einen Stuhl, schlug mit beiden Füßen auf den Tisch und schrie: „Ich will essen."

„Schocking," rief Mister Stopps.

„Nä, das will ich nicht, ich will Kalbsbraten," rief Kasperle.

„Schock, schock, das habe ich auch nicht," sagte der Wirt höflich.

Doktor Zimmermann lachte, Mister Stopps sah sich verwundert um, bis ihm ein Lichtlein aufging und er Kasperles und des Wirtes Irrtum verstand und wieder sein himmelblaues Taschentuch herauszog, denn das brauchte er, wenn er lachen wollte.

Es wurde ein vergnügliches Nachtmahl. Kasperle fand Mister Stopps sehr nett, weil er nicht einmal sagte: „Iß nicht zuviel," und weil er alles Kompott Kasperle überließ. Und dann unterhielt sich Doktor Zimmermann mit dem weitgereisten Fremden, und Kasperle konnte tun, was er wollte. Der war nach dem guten Mahl wohl aufgelegt zu allerlei dummen Streichen. Er hatte am Mittag flüchtig die Köchin gesehen. Unwirsch und verdrossen sah sie drein, und Kasperle dachte, sie muß ein bißchen geneckt werden, damit sie lacht. Mit diesem guten Vorsatz ging er in die Küche.

Die Köchin Amanda saß im Ofenwinkel. Zwei Mägde standen neben ihr, und Kasperle hörte sie grade sagen: „Heute nacht kommen die vermaledeiten Kerle sicher wieder. Alles fressen sie an. Greulich!"

„Wenn sie nur nicht in die Fremdenzimmer kämen, so ein Gesindel!" rief eine Magd. „Neulich lagen zwei unter einem Bett."

„Oh was, dem Fremden wär's schon recht, der gefällt mir nicht. Na, und den dummen Kerl, den Kasperle, mögen die Russen meinetwegen beißen und zwicken," sagte die zweite Magd.

Rutsch, lief Kasperle aus der Küche hinaus. Er hatte genug gehört. In Torburg hatte man noch viel von den Kriegsjahren 1813 und 1814 erzählt, und die alte Apfelfrau hatte einmal gesagt: „Die Russen waren zwar Freunde, aber für die danke ich."

„Sind sie greulich?" hatte Kasperle gefragt.

„Ja, greulich und arg schlimm!"

Und solche Russen sollten nun zur Nachtzeit in das Gasthaus kommen. Kasperle glitt in einen Flurwinkel. Dort stand etwas auf einem Schemel, auf den er sich setzte. Ein bißchen weich und naß war es, aber das kümmerte ihn weiter nicht. Er mußte nachdenken, und wenn Kasperle nachdachte, war es schlimm.

Kasperle hatte in Torburg zum Abschied allerlei Räubergeschichten erzählt bekommen, und seine gute Freundin, die Apfelfrau, hatte ihn ermahnt: „Sieh auch in Gasthöfen immer unter die Betten, manchmal stecken da Räuber darunter."

Und sicher waren die Russen Räuber. Was sollte er tun? Es Mister Stopps sagen? Aber der redete mit dem Wirt, und sicherlich wußte der Wirt auch von den schlimmen Russen.

Dem Kasperle wurde es übel vor Angst. Aber auf einmal fiel ihm etwas ungeheuer Kluges ein. Er rutschte von seinem Sitz herab, und merkte nun erst, daß er auf einer Schüssel Heringsalat gesessen hatte. Doch das war ihm gleichgültig, jetzt galt es Hilfe zu holen. Wutsch, war das Kasperle im Flur, dann schlich er aus dem Hause und prallte draußen mit einem zusammen, den er gerade suchen wollte.

Klirr, fiel etwas zu Boden, und der Herr Bürgermeister rief: „Welcher vermaledeite Esel rennt mich da so an? Nun ist mein neuer Pfeifenkopf kaputt."

„Ich bin's," stotterte Kasperle. „Ich will zum Herrn Bürgermeister."

„Zu mir? Wer ist Er denn?" Es war nämlich stockdunkel, und der Herr Bürgermeister konnte das Kasperle nicht erkennen.

„Ich, Kasperle!"

„Oh du unnützes Ding, von dir habe ich schon gehört. Was treibst du dich denn hier draußen herum? Du gehörst ins Bett," rief der Bürgermeister. Der kam nämlich, um den Wirt vom Goldenen Knopf nach dem neuen Gast zu fragen.

„Nä, da liegen Räuber drunter."

„Räu – – – ber?"

Dem Bürgermeister blieb vor Erstaunen das Wort im Halse stecken.

„Ja, Räuber, Russen sind's," ächzte Kasperle. „Ich wollte gerade Hilfe holen."

Nun war der gute Bürgermeister weder sehr klug noch sehr mutig, und statt stipp stapp in das Wirtshaus zu gehen und dort zu fragen, was Kasperles Gerede bedeuten sollte, flüsterte er scheu: „Erzähl' mal!"

Und Kasperle erzählte.

Der Schelm merkte, der Bürgermeister hatte beinahe noch mehr Angst als er, und darum schmückte er seinen Bericht noch etwas aus. Und je mehr der Bürgermeister zitterte, desto furchtbarer schilderte Kasperle die Angst der Mädchen.

Dem Bürgermeister fiel auf einmal etwas ein. Da war neulich ein Fremder in die Stadt gekommen, der hatte sich beim Schneider einen neuen Anzug machen lassen, und auf einmal war er verschwunden. „Bei Nacht ausgerückt," hatte der Wirt gesagt.

„Den haben die Russen auch umgebracht," stöhnte der Bürgermeister.

„Wen?" Kasperle klapperte nun vor Angst.

„Den Fremden neulich. Die Sache ist mir immer unheimlich gewesen mit dem Wirt."

„Hach, haaaach," kreischte Kasperle.

„Sei doch still, ums Himmels willen, wenn uns jemand drinnen hört!" Der Bürgermeister konnte kaum stehen, so war ihm die Angst in die Knie gefahren.

Kasperle hielt sich erschrocken mit beiden Händen selbst den Mund zu und setzte sich auf ein Mäuerlein.

„Fall' nicht rein, das ist der Brunnen!“ meinte der Bürgermeister.

„Nä,“ rief Kasperle wieder viel zu laut für ein heimliches Gespräch.

„Still doch!“ Der Bürgermeister wollte dem Schelm eins auf den Mund geben, und plumps fiel der kopfüber in den Brunnen.

Heiliger Bimbam! Dem Bürgermeister ward es himmelangst. Ein Kasperle kostet ungeheuer viel Geld, der Postillon hatte es in Amberg erzählt. Wenn das nun Schaden genommen hätte! Und innen im Wirtshaus der reiche Fremde und die russischen Räuber dazu.

Was zuviel ist, ist zuviel. Der Bürgermeister verlor allen Verstand. Er brüllte, so laut er konnte: „Nachtwächter, Nachtwächter, Sturm blasen!“

Der alte Nachtwächter Bucholz war eben aus seinem Hause, das neben dem Wirtshaus lag, herausgekommen. Der Ruf fuhr ihm in die Glieder, er setzte erschrocken sein Horn an und blies aus Leibeskräften den Feuerruf in die Nacht hinaus.

„Nicht Feuer, Sturm mußt du blasen,“ schrie der Bürgermeister.

Aber wenn Bucholz einmal beim Feuerblasen war, gab es kein Aufhören. Feuer blies der Nachtwächter am liebsten. „Feuer, Feuer,“ tutete er.

„Sturm, Sturm,“ schrie der Bürgermeister. „Kasperle ist in den Brunnen gefallen, und da drinnen sind Räuber.“

„Wo brennt es? Was ist geschehen?“ Aus allen Häusern stürzten die Menschen heraus. Der Wirt kam auch auf die Straße gelaufen. Ihm folgten bedachtsam Mister Stopps und Doktor Zimmermann.

„Wo brennt es denn, Bucholz?“

„Der Bürgermeister liegt unter dem Bett, und Räuber sind in den Brunnen gefallen,“ rief Bucholz verwirrt von dem vielen Rufen.

„Bewahre, da steht doch unser Bürgermeister,“ rief der Wirt.

„Ja, ich stehe hier, aber bei Ihnen liegen Räuber unter dem Bett, und Kasperle liegt im Brunnen."

„Mein Kahs – pärle?" rief Mister Stopps erschrocken.

„Räuber, Räuber!" kreischten die Köchin und die Mägde aus dem Gasthofe.

„Ja, bei Ihnen unter dem Bett!"

„Kahs – pärle, oh mein geliebtes Kahs – pärle!"

„Ach was, die Räuber sind nicht hier."

„No, no, Kahspärle sein nicht hier." Das gab ein schreckliches Hin und Her. Die Feuerwehr, die Bürgerwehr, alles lief zusammen, der Bürgermeister rief: „Die Räuber müssen gefangen werden." Mister Stopps schrie: „Mein Kahspärle." Die Köchin, die ins Haus gelaufen war, jammerte: „Ein Räuber hat auf meinem Heringsalat gesessen, der sollte bei Jungfer Habertanz' Hochzeit gegessen werden."

„Räuber, Heringsalat, Kasperle, das ist ja eine alberne Geschichte."

Doktor Zimmermann war ein besonnener Herr, dem kam das alles äußerst seltsam vor, er packte den Bürgermeister beim Rockknopf und fragte: „Wer hat was von Räubern erzählt? Und wieso ist Kasperle in den Brunnen gefallen?"

„Weil er darauf gesessen hat."

„Kasperle? Na, wenn das nur keine Dummheit ist!"

„Es ist keine Dummheit, sie liegen unter den Betten, Russen sind's, und die Köchin hat es selbst erzählt."

„Was, ich hätte von Räubern erzählt? Ich bin eine ehrliche Jungfer."

„Jawohl! Russen sollen es sein," rief der Bürgermeister streng.

„Russen?" Die Köchin sah die beiden Mägde an, die sahen die Köchin an, und plötzlich kreischten sie los: „Das sind doch Käfer, wir haben von den ekligen schwarzen Käfern geredet."

„Jaso!“ Der Bürgermeister faßte sich an der Nase. „Oh Schockschwerebrett, ja. In manchen Orten heißen die schwarzen Küchenkäfer Schwaben, hier in Amberg nennt man sie Russen.“ In seiner Verlegenheit schrie er: „Dumm, aber Kasperle ist in den Brunnen gefallen.“

„Das ist schlimmer als die Russen unter dem Bett. Hoffentlich ist er nicht bis in die tiefste Tiefe gefallen,“ meinte der Arzt.

„Die Feuerwehr muß ihn herausholen,“ rief der Wirt. Laternen wurden gebracht, Fackeln erhellten den Platz, Mister Stopps beugte sich klagend über den Brunnenrand und rief: „Kahspärle, oh mein Kahspärle!“

Unten blieb alles still. Da stieg ein Feuerwehrmann mit einer Laterne in die Tiefe, von oben riefen sie: „Ist er unten?“

„Nä!“ Es dauerte ein paar Minuten, da kam der Mann wieder heraufgeklettert.

„Unten ist er nicht, aber unten war er, gleich am Rand an einem Eimerhaken hat er gehängt. Gelt, das gehört dem Kasper?“ Und der Feuerwehrmann hielt Mister Stopps einen grün-rotseidenen Flicken unter die Nase.

„Der gehört freilich Kahspärle. Uo kann er sein?“ fragte Mister Stopps bebend vor Angst.

„Unten kann er liegen, dann ist er tot.“

„Das kommt von dem hirnverbrannten Quatsch mit den Russen,“ schrie der Wirt und sah den Bürgermeister scharf an.

Der wurde gelb vor Ärger. Und weil Mister Stopps drohte: „Sie müssen bezahlen mein Kahspärle,“ rannte er erschrocken davon. „Zwei Millionen haben es gekosten.“

„So viel haben wir alle miteinander nicht,“ brummte Bucholz, nahm sein Horn und blies: „Hört, ihr Leute laßt euch sagen.“

„Schafskopf, hör’ Er doch mit Blasen auf! Um so ein Kasperle ist es himmelschade,“ rief Doktor Zimmermann. „Wer steigt noch einmal in den Brunnen?“ Es meldeten sich gleich drei, doch sie fanden kein Kasperle, nur noch einen grünen Flecken, an dem klebte Heringsalat. Da wußte die Köchin wenigstens, wer in ihrem Salat gesessen hatte. Aber was half das alles? Kasperle war und blieb doch verschwunden, und alle riefen: „Der ist ertrunken, der liegt unten.“

„Uer steigt nach unten? Ich geben viel Geld.“ Mister Stopps hatte sein himmelblaues Taschentuch vorgeholt und weinte so bitterlich, daß selbst die brummige Köchin Amanda das größte Mitleid mit ihm fühlte. Ganz hinunter wagte sich aber niemand zu steigen, so viel Mister Stopps auch bot und flehte. Der stand am Brunnenrand und schluchzte: „Oh du mein Kahs – pärle!“

„Es ist zu rührend!“ Die dicke Köchin begann auch zu schluchzen, alle Frauenzimmer taten es ihr nach, und selbst der Wirt wischte sich die Augen. „Sicher ist er tot,“ brummte er.

„Kann er denn so flink tot sein?“ Doktor Zimmermann kam die Sache merkwürdig vor, und er meinte, es wäre gut, den Brunnen zu bewachen. Vielleicht komme das Kasperle doch wieder zum Vorschein. Man konnte es nicht wissen. Bucholz setzte sich also auf den Brunnenrand, drei Männer von der Feuerwehr und zwei von der Bürgerwehr gesellten sich dazu. Sie wollten alle warten, und sie versicherten, wenn sie Kasperle schreien hörten, dann würden sie ihn herausholen, ob er lebendig oder tot wäre.

Das war doch mal ein Trost. Mister Stopps versprach ihnen eine gute Belohnung und der Wirt Punsch, dann ließ es sich schon gut Wache halten.

Eine schreckliche Nacht

Doktor Zimmermann und der Wirt redeten so lange auf den armen Mister Stopps ein, bis er sich entschloß, sich ins Bett zu legen. Der Wirt brachte ihm noch Punsch, davon trank er sechs Gläser, und danach war er so schläfrig, daß er, freilich unter Tränen, einschlief. Das große, himmelblaue Taschentuch lag auf seinem Gesicht. Man hätte nun denken können, Mister Stopps werde vom blauen Himmel träumen, aber den ängstigten böse, schreckhafte Träume. Räuber wollten in sein Zimmer eindringen, die rasselten und sägten an der Türe herum. Mister Stopps stöhnte vor Angst, aber plötzlich erklang das Sägen so laut, daß er erwachte.

Himmel, das war ja gar kein Traum. Da sägte und rasselte es weiter, und dabei war stockfinstere Nacht. „Hilfe, Hilfe!“ brüllte Mister Stopps, „Hiiilfe!“

Aber er konnte schreien soviel er wollte, niemand kam, aber nach kurzer Zeit war das Rasseln vorbei. Mit zitternden Fingern schlug Mister Stopps Feuer, aber das wollte ihm nicht gelingen, und angstvoll verkroch er sich in sein Bett. Vielleicht hatte sein Geschrei die Räuber, die offenbar eindringen wollten, und die Türe aufzusägen gedachten, verjagt.

Er lauschte lange, steckte tief unter dem dicken Federbett und schwitzte. Es war alles still.

Lange, lange blieb es so, und Mister Stopps war gerade wieder am Einschlafen, als das Sägen wieder losging. Entsetzt sprang der lange Engländer aus dem Bett. Er nahm seine Reisepistole vom Tisch, konnte im matten Dämmerschein des frühen Morgens gerade erkennen, wo die Tür war, und schoß auf diese. Bums, dröhnte es durch das Haus.

„Hiiilfe! Hiiilfe!“ klang es aus allen Stockwerken. Der Wirt, das Hausgesinde, alles rannte herbei, und der Wirt schrie draußen an des Gastes verschlossener Türe: „Sind Sie tot?“ Mister Stopps war über den Knall selbst sehr erschrocken, er saß auf der Erde und brachte den Mund nicht auf vor Angst. Er verstand kein Wort von den Rufen draußen.

„Um alles in der Welt, sind Sie tot? Antworten Sie doch!“

„Ich meine, wenn er tot ist, kann er nichts mehr sagen,“ brummte Bucholz, der auch herbeigekommen war.

Das stimmte nun freilich.

„Holt ein Beil, wir schlagen die Türe ein,“ gebot der Wirt.

Mister Stopps innen hörte endlich den Wirt, und er dachte: „Nun wird es ernst, jetzt schlagen die Räuber die Türe ein.“ Er suchte seine Pistole, aber die war wer weiß wohin geflogen, und darum hielt es Mister Stopps für das beste, unter das Bett zu kriechen. Eins, zwei, drei – doch ging er nicht ganz drunter, er war zu lang dazu, seine Beine guckten weit hervor.

„Krach, krach!“ tönte es an der Türe.

„Uff!“ stöhnte Mister Stopps.

Da ging die Türe auf, und der Wirt, Hausknecht, Nachtwächter, die Köchin, die Mädchen, alle stürzten in das Zimmer, und der Wirt rief: „Da liegt er tot unterm Bett.“

„Ich meine, da täte er nicht so zappeln. Wenn eins tot ist, hält’s seine Beine ruhig.“ Bucholz hatte wieder recht.

„Mister Stopps, oh, Mister Stopps!“ Der Wirt packte ein Bein, Bucholz das andere, beide zogen, aber Mister Stopps, der meinte, dies wären nun die Räuber, brüllte aus Leibeskräften.

„Sind Sie doch ruhig, wir reißen Ihnen sonst noch die Beene ab.“ Bucholz meinte es sehr gut, aber Mister Stopps verstand nur, ihm sollten die Beine abgerissen werden. Er brüllte immer lauter und hörte gar nicht, daß der Wirt zu ihm redete.

Es dauerte jedoch nicht lange, da war Mister Stopps unter dem Bett hervorgezogen, und Bucholz sagte verwundert: „Seinen Kopf hat er noch, darum konnte er auch noch schreien.“

„Oh, no, nicht meine Beine ausreißen, nicht Kopf abschlagen,“ jammerte und stöhnte der arme Mister Stopps.

„Das wollen wir ja gar nicht!“

„Uollen Sie Geld? Rauben Sie alles, nur morden Sie mir nicht!“

„Jemine, nu denkt er gar, wir seien Räuber.“

Bucholz war höchst verwundert, der Wirt war’s nicht minder, aber die Köchin sagte auf einmal: „Pfui, der hat nichts an!“

„Oh!“ Jetzt erst merkte Mister Stopps, daß er in lauter bekannte Gesichter sah. Er riß rasch die Decke vom Bett, wickelte sich hinein und stöhnte: „Uo sein die Räuber?“

„Wer hat denn geschossen?“

„Ich schoßte!“

„Schoß,“ rief Bucholz.

„Yes, ich schoßte, weil Räuber an die Türe waren.“

„Ih, bewahre,“ rief der Wirt.

„Doch, ganz bestimmt!“

„Uh je, ich fürchte mich!“

„Ich auch, ich auch.“ Die Mägde drängten sich alle in eine Zimmerecke, in der noch ein Bett stand. In dem hatte das arme Kasperle, das draußen gewiß im tiefen Brunnen lag, schlafen sollen.

„Das mit den Räubern ist Unsinn,“ rief der Wirt.

„No, sein nicht Unsinn, sie haben gemacht „rrrrrr“ an die Türe, und ich schoßte.“

„Schoß,“ schrie Bucholz wieder, den das falsche Reden des Engländers sehr ärgerte. Bucholz war nämlich ein halber Gelehrter, der lieber Bücher las, als Nachtwache hielt.

„Yes, schoßte!“ Mister Stopps wunderte sich sehr über die Einrede des Nachtwächters. Seiner Meinung nach sagte er alles richtig.

„Halt Er doch den Mund,“ brummte der Wirt und gab dem Wächter einen derben Rippenstoß. „So einem Herrn darf man nicht immer widersprechen. Jetzt suchen wir mal das ganze Haus ab vom Keller bis zum Boden!“

„Boden und Keller lassen wir lieber weg, da könnten sie sitzen.“ Sehr mutig war der gute Bucholz nicht.

Aber der Wirt rief ärgerlich: „Feiger Kerl, alles wird abgesucht. Das wäre noch schöner, wenn nachher der Herr Engländer in der ganzen weiten Welt erzählte, in meinem Wirtshaus gäbe es Räuber."

„Au, au!" Da saß die Köchin auf einmal mitten im Zimmer und jammerte: „Da im Bett liegt jemand!"

„Potz Wetter, so 'n Unsinn!" Dem armen Wirt wurde es heiß vor Ärger. Er sah die Köchin grimmig an und schrie: „Stille!"

„Nä, da liegt jemand im Bett."

„Au!" Das Küchenmädchen sprang auch von dem Bett auf, sie schrie auch: „Es liegt jemand drin." Und nach ihr hopste das Stubenmädchen empor und klagte: „Mich hat jemand gepufft!"

„Am Ende sind's die Räuber, die da drinnen liegen." Bucholz legte den Finger an die Nase, um ernsthaft über den sonderbaren Fall nachzudenken, doch ehe er noch recht dazu gekommen war, tönte von dem Bett her ein sonderbares Gurgeln und Schluchzen, und alle im Zimmer sahen sich verdutzt an. Was war denn das?

„Es lacht jemand!"

Der Wirt sah sich erstaunt um.

„Yes, es lacht uo."

„Sie dadrinne, wenn Se Räuber sein, dann kommen Se raus!" Bucholz stocherte mit seinem Nachtwächterspieß ein bißchen an der Bettlade herum, und da wurde auf einmal die Bettdecke herausgestrampelt, die Mägde flüchteten kreischend in eine andere Ecke, und Mister Stopps schrie laut: „Uo sein meine Pistole?" Aber da. – –

Putzvergnügt kletterte Kasperle aus dem Bett heraus.

„Oh, mein Kahspärle!"

„Jemine, Kasperle, du Strick, wo kommst denn du her?" rief der Wirt.

Mister Stopps aber riß Kasperle an sich, drückte und küßte es, und Kasperle kriegte kaum Luft. „Oh, du liegst nicht in das Brunnen?"

„Dem Brunnen," verbesserte Bucholz.

„Nä!" Kasperle riß seinen Mund weit auf, grinste alle an, tat einen Seufzer und klagte: „Hab' schon wieder Hunger!" Aber damit kam der Schelm diesmal nicht durch. Erst mußte er erzählen, ob er wirklich in dem Brunnen gelegen hatte.

„Freilich," klagte er, „schmutzig war's da!"

„Oh lieber Himmel, er hat sich so ins Bett gelegt!" Das Stubenmädchen hob empört das Bett hoch: „Und Heringsalat klebt auch dran."

„So'n Schmierfink!" Die Köchin sah Kasperle wütend an. Aber der Wirt rief ärgerlich: „Stille da! Kasperle erzählt! Alle aufgepaßt! Warste denn wirklich im Brunnen?"

Kasperle nickte. „Ich bin reingefallen und bin rausgekrochen, weil se alle so schreiten."

„Schrien," verbesserte Bucholz.

„Schrieten," fuhr Kasperle fort. „Da hab' ich mich ins Bett gelegt und da – hat jemand geschreit und geschoßt."

„Geschrien und geschossen."

„Halt Er doch sein Maul, Er ist doch kein Schulmeister," ranzte der Wirt Bucholz an.

„Aber wer hat denn „rrrrrr" gemacht?" fragte Mister Stopps verwundert.

„Kasperle, aber Kasperle, was machst du denn?" Alle, die im Zimmer waren, umringten Kasperle. Der hatte sich plötzlich auf das Bett geworfen, hatte den Kopf in die Kissen gewühlt, gab sonderbare Töne von sich und strampelte mit den Beinen in der Luft herum.

„Er stirbt, er stirbt!" jammerte Mister Stopps unaufhörlich.

„Er ist übergeschnappt!" brummte die Köchin.

„Ih, bewahre, potz Wetter, der lacht." Der Wirt hob das strampelnde und zappelnde Kasperle hoch, und da sahen es alle, Kasperle lachte und lachte. Die Tränen purzelten ihm über die Backen, so sehr lachte er. Er lachte und lachte und konnte auf alle Fragen nicht antworten. Da nahm der Wirt endlich einen Krug Wasser vom Waschtisch, und schwipp, schwapp, bekam Kasperle das Wasser über den Kopf.

Patsch, da war es stille. Es schaute etwas verdutzt von einem zum andern, schüttelte sich wie ein Bäumlein nach einem Gewitterregen, tat endlich seinen Mund wieder auf und machte: „Rrrrrr."

„Ja, so haben gemacht die Räuber." Kasperle fing wieder an zu lachen, und der Wirt drohte: „Ich nehme die zweite Kanne." Da wurde der Schelm flugs still und sagte ein wenig kläglich: „Ich habe doch nur geschnarcht, „rrrrrr", so mach' ich's immer."

„Ooooh, uie seltsam! Äußerst komisch!"

„Er hat geschnarcht!" Der dicke Wirt fing plötzlich so zu lachen an wie vorher das Kasperle. Er lachte und lachte, Kasperle lachte mit, und Mister Stopps lachte. Auf einmal war es, als raßle eine schlecht geölte Tür: Bucholz, der griesgrämige Nachtwächter, lachte. Die Mägde kicherten, selbst die verdrossene Köchin lachte zuletzt. Der Wirt mußte sich die Seiten halten. „Uff!" stöhnte er, „ich kann nicht mehr!"

Und da, schwipp, schwapp, hatte geschwinde Kasperle die zweite Wasserkanne geholt und goß sie dem Wirt über den Kopf. Er dachte: „Wie du mir, so ich dir."

Nun fand der Wirt aber, zwischen einem Wirt zum Goldenen Knopf und einem Kasperle wäre schon ein gewaltiger Unterschied. Er fing heillos zu schimpfen an, aber als er in das ganz verwunderte, blitzdumme Kasperlegesicht sah, mußte er wieder lachen, und Kasperle lachte mit. Patschnaß war er, aber er sah aus, als hätte er eben die allergrößte Herzensfreude erlebt.

„Das möchte man wirklich selbst behalten," brummte der Wirt halblaut.

Aber Mister Stopps hatte die Worte doch gehört. Erschrocken nahm er sein Kasperle auf den Arm. „Ich hab' ihn gekaufen, er ist mein Kahspärle!"

„Gekauft," sagte Bucholz ärgerlich.

„Nä, er hat mich gekaufen." Kasperle dachte, der brummige Wächter wollte ihn Mister Stopps streitig machen.

„Gekaufen," rief Mister Stopps.

„Ja, gekaufen für zwei Millionen," wiederholte Kasperle stolz.

„Ge –," wollte Bucholz verbessern.

„Stille doch! Geh, tute draußen, daß es Morgen wird, die Hähne krähen schon bald," schalt der Wirt. „Und Kasperle bekommt noch ein Stück Kuchen, damit er einschläft, sonst ist er morgen müde." Damit waren alle einverstanden, Kasperle am meisten, der kuschelte sich bald vergnügt in sein Bett. Er hatte ein blitzsauberes Nachtröckchen an, und wenn nicht das unnütze Kasperlegesicht gewesen wäre, man hätte ihn für einen braven, kleinen Jungen halten können. Sein Wämslein nahm das Stubenmädchen mit hinaus. Sie wollte es draußen waschen, aber Mister Stopps sagte, Kasperle dürfe morgen sein feuerrotes Sonntagsjäcklein anziehen. Überhaupt bekäme Kasperle in der nächsten großen Stadt so viele bunte seidene Röcklein, wie er wolle. Sein Kasperle sollte fein angezogen dahergehen.

„Rock hin, Rock her!" Der Schelm dachte jetzt nur an seinen Kuchen. Eins, zwei, drei, hatte er den verschlungen, und dann legte er sich um, und gerade, als auch Mister Stopps in sein Bett gestiegen war, tönte es laut durch das Zimmer „rrrrrr". Kasperle schnarchte schon wieder.

Mister Stopps aber band sich eine gelbe Nachtmütze über die Ohren. Er seufzte, nein, in seinem Zimmer konnte Kasperle nicht mehr schlafen, da würde er keine ruhige Nacht mehr haben.

„Rissel, rassel, rrrrrr," schnarchte Kasperle.

Mister Stopps, der wie eine große Zitrone aussah, seufzte. Er drehte sich nach links und drehte sich nach rechts, aber er konnte nicht schlafen.

„Rrrrrr," da war Kasperle auf einmal stille, und der gute Mister Stopps dachte gerade: „Nun schlafe ich vielleicht ein," da ging es draußen los.

„Tutututut."

„Kikerikihi, kikerikihi!"

„Tututut."

Kasperle aber richtete sich auf und rief:

„Mußt auf der Reise stets aufstehn,
Wenn morgens früh die Hähne krähn,
Denn wer von der Welt was sehen will,
Der lieg' nicht lang im Bette still.
Der mache sich zu früher Zeit
Zum Weiterwandern stets bereit."

„Die Apfelfrau hat gesagt, das soll ich jeden Morgen sagen," rief Kasperle dem armen Mister Stopps zu. Und der merkte nun, es war nicht so einfach, mit einem Kasperle zu reisen. „Bleib' nur noch liegen," brummte er.

„Nä," rief Kasperle, „ich purzelbaume."

Und hopp di hopp ging es aus dem Bett heraus, durch das Zimmer, und plumps, da saß Kasperle Mister Stopps auf dem Magen und schrie, als wäre der gute Herr stocktaub:

„Sag' freundlich jedem Guten Morgen,
Wünsch' einen Tag ihm ohne Sorgen,
Dann wird dir selbst der Tag zum Fest,
Mit Freundlichkeit kommst durch aufs best' –"

„Still!" schrie Mister Stopps, der gar keine Lust hatte, der Torburger Apfelfrau Reiseregeln anzuhören. „Flink, geh, zieh dich an und bestelle den Kaffee."

Das tat Kasperle, und im Hause gab es ein großes Verwundern über den Gast, der nach der unruhigen Nacht schon so früh auf den Beinen war.

Doch Kasperle sagte jedem, der es hören wollte, und auch der Köchin, die es nicht hören wollte, sein Sprüchlein:

„Mußt auf der Reise stets aufstehn,
Frühmorgens, wenn die Hähne krähn.“

Und dann schrie er durch das ganze Haus: „Kaffee! Ich bin hungrig.“

Im Krug zum Grünen Kranze

In dem Gasthof zum Goldenen Knopf erwarteten alle, daß bei Mister Stopps und Kasperles Abreise etwas passieren würde. Aber nichts geschah. Der Wagen hielt vor dem Hause, Mister Stopps und Kasperle stiegen ein, der Postillon blies Traritrara, und fort ging die Reise. Kasperle fiel nicht aus dem Wagen, die Pferde gingen nicht durch, und kein Räuber kam, Kasperle zu befreien. Der verlangte auch gar nicht nach Freiheit. Das Reisen erschien ihm sehr vergnüglich. Er aß, schwatzte, steckte seine große Nase hinaus und lachte jedem ins Gesicht, der des Weges daherkam. Und jeder lachte wieder. Und Mister Stopps dachte, mit Kasperle sei es schon gut reisen. Einmal unterwegs ließ er auch die Kutsche halten, denn Kasperle sagte, es müßte vergnüglich sein, da unter den zwei großen Linden zu sitzen, in die schöne Welt zu schauen und zu singen.

„Oh yes, singen ist gut. Kannst du singen?“

„Fein,“ rief Kasperle, „singen kann ich prachtvoll.“

„Oh, ist mir sehr lieb! Singe!“ Kasperle riß seinen Mund auf und sang mit einer Stimme, die wie eine alte Trompete klang:

„Nur nit verzagt!
Bald der Morgen tagt,
Zum guten End’
Sich alles wend’.“

„Schrecklich,“ rief Mister Stopps entsetzt.

„Wunderschön," sagte Kasperle sehr zufrieden, und noch lauter brüllte er:

„Mußt nit greinen, Mußt –"

Doch da stockte er, ein feines, feines Klingen hub an, und eine wunderschöne Stimme sang weiter:

„– nit weinen!
Auf Gott vertrau',
Zum Himmel schau'!
Himmelslichter blinken,
Und die Englein winken,
Halt' nur aus, halt' nur aus!
Schon nach Haus
Finden ich und du
Einst in guter Ruh',
Einst in guter Ruh'."

Oh du lieber Himmel, was war das? Da lag auf einmal das sonst so putzvergnügte Kasperle im Grase und schluchzte jammervoll. Aus einem Seitenweg hervor aber trat ein Spielmann, der rief: „Kasperle, bist du mal wieder unterwegs?"

Es war Florizel, der Spielmann, der wieder einmal seine Heimat sehen wollte. Und Kasperle dachte daran, wie Florizel ihn vor Jahren mit dem Kasperlemann nach Torburg gebracht hatte. Ach je, und nun sollte er die schöne Heimat mit allen lieben Menschen darin verlassen? Es war schon schwer! Sein kleines Kasperleherz tat einmal wieder bitter weh vor Sehnsucht, er schluchzte und schluchzte, und Mister Stopps fragte verwirrt: „Hat er denn schon wieder Hunger?"

„Nein, Heimweh," antwortete Florizel.

„Heimueh? uas sein das?"

„Ein schlimmes, schlimmes Übel." Und Florizel beschrieb dem langen Engländer, was Heimweh wäre. Da riß der seine Augen weit auf und sah höchst nachdenklich drein. „Sterbt er daran?" fragte er.

„Nein, Kasperle stirbt nicht daran. Aber gut muß man mit dem armen Schelm sein, sehr gut, denn er hat überhaupt keine rechte Heimat."

„Oh, uie sonderbar!"

Kasperle war Florizels Versprechen, seine schöne Urheimat zu suchen, eingefallen. Er schrie plötzlich laut in des guten Mister Stopps Bedauern hinein: „Hast denn meine Insel gefunden?"

„Ach nein, mein gutes Kasperle."

„Warum denn nicht?"

Da tat Florizel einen tiefen Seufzer und antwortete: „Weil ich arm bin. Um so weit über Länder und Meere zu fahren, muß man Geld haben, und ich bin arm."

Das klang traurig, und Kasperle kramte rasch aus seinem Hosensack ein paar Gröschlein heraus, das war sein ganzer Reichtum. „Das schenke ich dir," sagte der kleine Kerl treuherzig, „da kannste um die Welt reisen." Florizel mußte lachen, Mister Stopps sah verwundert das Kasperle an, er sah Tränen in den sonst so unnützen Äuglein, und der reiche Mann, den niemand auf der Welt recht lieb hatte, dachte, es müßte gut sein, wenn das Kasperle ihm sein kleines Herz schenkte. Sollte er dem Kasperle zuliebe dem Florizel auch Geld geben? Er sah auf einmal das stolze Leuchten in den schönen Augen des armen Spielmanns, und da spürte er, der war im tiefsten Grunde reicher als er. Der konnte singen und dichten, war das nicht ein Glück? Sehr höflich bat er, Herr Florizel möchte ihm noch etwas vorsingen. Kasperle bettelte: „Ach ja, ich singe mit."

„Kasperle, das laß lieber sein! Hör' zu, gestern im Walde ist mir das eingefallen," sagte Florizel und sang:

„Zieh' durch die Wälder weit
In der Maienzeit,

Lieg' auf Matten grün,
Seh' die Wolken ziehn,
Hör' die Vögel singen,
Seh' die Rehe springen,
Weite Länder mir zu Füßen!
Schöne Welt, o laß dich grüßen!
Wer ist noch wie ich so reich?
Einem König bin ich gleich,
Ziehe durch die Weite.
Trallala, trallala!"

Mister Stopps dachte, der ist wirklich ein König, der so singen kann, Kasperle aber schrie: „Mehr, mehr!"

Da hob Florizel den Bogen, setzte ein, und nun klang es wie sehnsüchtiges Klagen, als er sang:

„Ich weiß eine Insel in ferner See,
Denk' ich an sie, da wird mir so weh'.
Insel du, bist Urheimat mir,
Im Traume sehn' ich mich nach dir.
Der Weg zu dir ist so weit, so weit,
Ist ferne wie die Ewigkeit,
Drum wandre ich armes Kasperlein
Immer in fremder Welt allein."

Oh Florizel, wie kann man dem Kasperle so ein Lied singen! Da lag auf einmal das lustige Kasperle auf der Erde, weinte und weinte und war gar nicht zu trösten.

Mister Stopps wurde es himmelangst und er sagte: „Uir uollen ueiterfahren."

„Nä," schrie Kasperle.

„Aber Kasperle," sagte der gute Spielmann freundlich, „du sollst doch in die weite Welt reisen, vielleicht findest du da selbst deine Insel."

„Komm mit," bettelte der kleine Kerl.

„Oh yes, kommen Sie mit," bat auch Mister Stopps, doch Florizel wollte nicht, und je mehr er den Kopf schüttelte, desto mehr wünschte sich Mister Stopps dessen Mitreise, denn Mister Stopps gehörte zu den Leuten, die das gerne wollen, was sie nicht bekommen können.

„Bitte, kommen Sie mit als mein Reisebegleiter. Ich Ihnen gebe viel Geld!"

„Nein," antwortete Florizel, „ein Sänger und ein Dichter muß frei sein."

„Kommen Sie mit, als mein Gast," bat der stolze, steife Mister Stopps. Aber wieder sagte Florizel: „Nein," da bat Kasperle: „Du bist doch mein guter Freund, komm doch mit!"

„Ja, so ist's recht," rief Mister Stopps. „Kommen Sie mit als unser Freund, Kasperles und mein Freund." Da sagte Florizel endlich ja. Er stieg gleich mit in die Postkutsche, und während sie die Landstraße entlang rollten, sang Florizel:

„Vorbei am rauschenden Strom,
Vorüber an Stadt und Feld,
Durch des Waldes grünen Dom,
In die weite, weite Welt!
Heio, heio, heio!"

„Heio, heio!" sang auch Kasperle und steckte seine Nase zum Fenster hinaus. Da fuhren sie an einer schwerfälligen Reisekutsche vorbei, in der saß ein wunderliebliches Mädchen, das weinte.

„Marlenchen!" schrie Kasperle und winkte und nickte.

Doch das war nicht Marlenchen. Ein fremdes Mägdelein war es, das schaute bitter traurig drein, und Kasperle bettelte: „Die soll mit uns fahren."

„Um Himmels uillen, uer noch?" Mister Stopps erschrak ordentlich, doch da war die Postkutsche schon an dem andern Wagen vorbeigefahren, und das fremde Mägdlein winkte zum Abschied mit einem weißen Tüchlein. „Auf Wiedersehen!“ schrie Kasperle. „Auf Wiedersehen!“ Florizel nahm wieder seine Geige und sang:

„Abschied nehm’ ich nimmermehr,
Abschied nehmen ist zu schwer.
Wünsch’ beim Auseinandergehn,
Lieber: Frohes Wiedersehn!“

Und dann rollte die Postkutsche weiter durch das Land. Ein Wirtshaus kam: „Zum Grünen Kranze“ stand daran. Freundlich und einladend sah es aus. Kein dicker Wirt, sondern eine freundliche Frau Wirtin stand vor dem Tore, die sagte: „Das Mittagessen ist beinahe fertig.“

„Ist gut,“ rief Mister Stopps, „uir uollen essen.“

„Ja, essen, ich platze vor Hunger,“ schrie Kasperle. Er purzelte hinten aus dem Wagen, und Florizel mußte ihn am Hosenbödlein halten.

„Wollen die Herrschaften im Garten essen?“ fragte die Frau Wirtin.

„Ja,“ rief Kasperle geschwind, ehe noch jemand etwas sagen konnte.

„Ja!“ sagte auch Mister Stopps, und die Wirtin dachte, Kasperle wäre gewiß ein Prinz, weil alle taten, was er wollte. Sie knickste vor Kasperle und sagte höflich: „Ißt der Herr Prinz auch Pudding?“

Oh du meine Güte, danach das Kasperle zu fragen! Der lachte über das ganze Gesicht, nickte und rief: „Ja, einen ganzen Pudding, ich hab’ schrecklichen Hunger.“

„Gleich soll der Herr Prinz etwas bekommen.“ Die Wirtin rannte in das Haus, und dort rief sie nach Koch und Mägden. Sie ermahnte ihre beiden Buben, recht artig zu sein, draußen wäre ein Prinz. „Gewiß ein Königssohn.“

„Heisa!“ da liefen Franzl und Hansl flugs hinaus. Einen Prinzen hatten sie noch nie gesehen. Und dann standen sie da, und staunten das Kasperle an. Sah der Prinz aber komisch aus!

Kasperle grinste, Franzl und Hansl waren etwa in seiner Größe, und er wußte schon, nach drei Minuten waren die ihm gute Spielkameraden. Also schoß er zur Einleitung flink einmal einen Purzelbaum, gerade als drinnen die Frau Wirtin rief: „Flink, Käte, schlag Sahne, ein Prinz muß einen feinen Pudding bekommen." Da raste das Franzl in die Küche und schrie: „Er schlägt 'n Purzelbaum!"

„Jemine! Ich hab' doch gesagt, Sahne soll geschlagen werden."

Aber Franzl war schon wieder draußen, denn draußen kasperte Kasperle herum, als säße er in einer Jahrmarktsbude.

So etwas hatten die beiden Buben noch nicht gesehen, denn sie gingen nur in das nahe Dorf zur Schule, in eine Stadt waren sie noch niemals gekommen. Ein Kasperlemann hatte sich im Dorf, solange Hansl und Franzl denken konnten, noch nicht blicken lassen. Sie meinten daher, Kasperles Narrenpossen seien Prinzensitte, und sie staunten Kasperle mit runden Augen an. Der war putzvergnügt, und weil Mister Stopps mit Florizel in einer Laube saß und er sich unbeaufsichtigt wußte, kasperte er so toll, daß alle Hunde, Hühner, Gänse, die Geißen und selbst die dicke alte Katze in Aufregung gerieten. Kasperle bellte, miaute, gackerte und wieherte, und wenn eins der Tiere nahekam, dann bekam es einen derben Nasenstüber.

Das gab ein Geschrei. Die dicke Miezemutter saß da und fauchte, Karo bellte, und der Geißbock wollte Kasperle auf seine Hörner spießen, aber wutsch kroch Kasperle unter ihm durch und erwischte den Hahn am Schwanz, der Bock meckerte, der Hahn krähte, und Hansl und Franzl kugelten sich vor Lachen auf dem Boden herum. Franzl platzten die Höslein, und dem Hansl wären sie gewiß auch geplatzt, wenn sie es nicht schon gewesen wären. Der Lärm wurde sehr groß. Zuletzt hörte Mister Stopps das Geschrei. Florizel hatte schon lange die Ohren gespitzt, doch der wußte, wo Kasperle war, gab es Lärm. Aber auch die Wirtin in der Küche hörte das Toben, sie kam eilfertig herbei, denn ihre gute Sahnenspeise war gerade fertig geworden. „Oh jegerl, meine Güte, Buben, ihr seid wohl närrisch geworden?" rief sie, und weil das Kasperle just auf der Erde saß, meinte sie, dem Prinzlein sei Unrecht geschehen. Eins, zwei, drei, stellte sie ihre Buben auf, und ein ernstes Strafen sollte gerade beginnen, als Mister Stopps und Florizel herbeikamen. „Aber Kahspärle," sagte Mister Stopps würdevoll. „Kasperle, du Schelm," drohte Florizel.

„Kasperle," rief die Wirtin verdutzt, „wie kann man einen Prinzen Kasperle nennen!"

„Einen Prinzen? Ja, ich bin ein Prinzkasperle!" Kasperle steckte beide Füße in den Mund, dann drehte und kugelte er sich und lachte zuletzt so, wie eben nur ein Kasperle lachen kann. Und alle mußten mitlachen.

Dem Hansl platzte das letzte Hosenknöpflein ab, Mister Stopps zog wieder das himmelblaue Taschentuch hervor, und die Wirtin mußte sich die Seiten halten, so lachte sie; hinter ihr lachten die Mägde, und die Tiere gackerten, meckerten, bellten und miauten durcheinander.

Und gerade da kam eine Kutsche gefahren. Rissel, rassel kam sie an, und – fuhr vorbei. Heraus aber schaute das blasse, feine Fräulein, es winkte und nickte, und Kasperle wurde auf einmal ganz ernst. „Wie Marlenchen sieht sie aus!"

„Es ist aber doch nicht Marlenchen, die ist doch blond," sagte Florizel.

„Jemine, was ist denn? Das Kasperle weint," klagte die Wirtin plötzlich.

Ja, Kasperle weinte, und es war gut, daß die Frau Wirtin rief: „Nun wird ihm gar meine schöne Sahnenspeise nicht schmecken!" Da hellte sich aber Kasperles Gesicht auf, und nachher gab es ein fröhliches Mahl und einen lustigen Nachmittag, und als am Spätnachmittag die Gäste weiterfahren wollten, da flossen Tränen im Krug zum Grünen Kranze. Mister Stopps sagte aber: „Ich muß ueiter, in N. uartet Bob auf mich."

„Ist das auch ein Kasperle?" fragte Kasperle flink.

„Nein, er sein mein Kammerdiener."

„Oh!" Kasperle riß die Augen weit auf, er dachte aber daran, wie gut der Diener Heinrich auf Schloß Himmelhoch einst zu ihm gewesen war, und darum rief er vergnügt: „Bob ist fein, ich freue mich auf Bob." Und

Kasperle kletterte vergnügt in die Postkutsche, er nahm von allen Abschied, als hätte er zehn Jahre im Krug zum Grünen Kranze gewohnt, und als der Wagen davonrollte, bat er Florizel: „Sing' wieder das Abschiedslied!" Und Florizel nahm seine Geige und sang wieder:

„Abschied nehm' ich nimmermehr,
Abschied nehmen ist zu schwer,
Wünsch' beim Auseinandergehn
Lieber: Frohes Wiedersehn!"

Aber trotz des guten Versleins weinten Hansl und Franzl ihrem lustigen Freund viele Tränen nach, und wenn sie fortan jemand fragte, was sie werden wollten, antworteten sie allemal: „Ein Kasperle."

Aber zu einem Kasperle muß man eben geboren sein.

Mister Stopps Diener Bob

„Wie sieht Bob aus?" fragte das Kasperle neugierig, als der Wagen mit den Reisenden N. zurollte.

„Dick ist er und dumm," sagte Mister Stopps.

„Oh!" Kasperle machte kein sehr erfreutes Gesicht, und Mister Stopps verwunderte sich, als Kasperle kläglich sagte: „Dann gefällt er mir nicht."

„Er uird dir schon gefallen, er ist sehr unangenehm," erklärte Mister Stopps. Dick, dumm, unangenehm, und dann soll er einem gefallen? Das Kasperle schüttelte den Kopf und rief ein bißchen patzig: „Nä, dann gefällt er mir doch nicht. Dann ist er gräßlich."

„Aber Kahspärle, mein lieber Bob ist nicht gräßlich. So etuas darfst du nicht sagen."

Kasperle hätte sicher noch viel gesagt, wenn nicht die Kutsche gerade wieder an dem Wagen mit dem lieblichen kleinen Fräulein vorbeigerollt wäre.

„Na, immer noch so langsam?“ rief der Postillon dem alten Kutscher zu, der den anderen Wagen lenkte.

Doch der gab keine Antwort, griesgrämig sah er vor sich hin, und das schöne, blasse Fräulein weinte heute gar.

Kasperle winkte ihr zu, er schnitt allerlei Gesichter, aber diesmal lächelte das Fräulein kein bißchen. Da nahm Florizel seine Geige und spielte gar süß darauf, dazu sang er sein Lied:

„Nur nit verzagt,
Bald der Morgen tagt.“

Da weinte das schöne Fräulein noch heftiger, aber sie winkte doch wieder mit dem Tüchlein herüber. Kasperle regte sich über die Tränen des lieblichen Kindes ordentlich auf, und er gab Mister Stopps einen Rippenstoß und sagte: „Die mußt du auch mitnehmen.“

„Uen soll ich mitnehmen?“

Es dauerte ein Weilchen, ehe Mister Stopps Kasperles Wunsch begriffen hatte, dann sagte er freilich, es ginge nicht an, einfach ein fremdes Fräulein mitzunehmen.

„Aber sie weint doch,“ schrie Kasperle ganz böse.

„Sie hört auch wieder auf.“ Mister Stopps war ein bißchen ärgerlich, denn das Kasperle verlangte noch zehnmal, die Fremde sollte mitreisen. Es war ganz ungebärdig, wollte gerade heulen, als ganz nah die Türme und Häuser einer großen Stadt auftauchten. In einer größeren Stadt als Torburg war Kasperle, noch nie gewesen. Er riß den Mund weit auf und grinste alle Vorübergehenden an, und ein lautes Rufen und Verwundern entstand. Was war das für ein schnurriger Mensch, der da im Wagen saß?

„Lassen Se Kasperle nicht rausgucken, sonst gibt’s was,“ mahnte der Kutscher. Aber seine Mahnung kam zu spät. Denn gerade rollte der Wagen an einer Schule vorbei, und die war eben aus. Kasperle steckte den Kopf weit hinaus, schnitt ein Räubergesicht, dann eins, das blitzdumm war, und da umrannten die Kinder die Postkutsche so, daß die Pferde erschrocken stehen bleiben mußten.

„Kahspärle." Mister Stopps packte Kasperle und zog ihn in den Wagen hinein. Aber da wurde es ganz schlimm. Die Buben kletterten auf das Trittbrett, die Mädel bettelten unten, sie wollten alle den komischen Jungen sehen.

„Das gibt's nicht," rief Mister Stopps.

„Ich bin müsemausetot," schrie Kasperle aus dem Wagenwinkel heraus.

Ein jauchzendes Geschrei war die Antwort. „Holla he, er sagt, er wäre tot, müsemausetot," brüllten ein paar Buben.

„Zeig doch, wie tot du bist!" Kasperle streckte flugs die Zunge heraus und machte flink ein Mister Stopps-Gesicht.

„Mehr," kreischten die Kinder, „er sieht wie der häßliche Mann im Wagen aus."

Das war selbst dem gutmütigen Mister Stopps zu viel. Klitsch, klatsch bekam Kasperle eins aufs Hosenbödle, und Mister Stopps rief streng: „Ueiter fahren!"

Aber wie soll ein Kutscher fahren, wenn hundert Kinder um ihn herumwuseln und diese hundert Kinder noch dazu schreien wie auf einem Kinderfest.

„Es geht nicht," brummte der Kutscher verzagt.

Da nahm Florizel seine Geige und spielte heiter und sacht, es klang wie einer Mutter liebes Mahnen:

„Geht nach Haus,
Geht nach Haus,
Mädels und Buben!
Seid nicht wild!
Vater schilt
Und Mutter bang
Wartet schon lang.

Gehet heim,
Gehet heim,
Buben, Mägdelein!
Kasperlein
Will schlafen ein.
Müd' ist der Wicht,
Stört ihn nicht."

Da schloß Kasperle gleich seine Augen, er tat, als ob er schliefe.

Das wollten die Kinder aber noch sehen, doch da mahnte Florizel wieder:

„Geht doch heim,
Geht doch heim,
Mädels und Buben!
Mittagszeit,
Essen bereit,
Sorgend Eltern schauen aus.
Nach Haus, nach Haus!"

Es war wunderbar, Florizels Lied trieb die Kinder heim, und Kasperle schlief wirklich ein. Er wachte erst wieder auf, als der Wagen vor einem stattlichen Hause hielt, dem vornehmsten Gasthof der Stadt. Über der Tür hing ein dicker, silberner Mond, und Mister Stopps schüttelte Kasperle und sagte: „Uir sein da, und hier sein der Mondschein."

Kasperle rieb sich die Augen, sah hinaus und sagte verdutzt: „Ih nein, die Sonne scheint."

„Oh no, Mondschein."

„Das ist doch die Sonne."

„No, ich uill in den Mondschein."

Da hätten sich Kasperle und sein Herr beinahe gestritten, aber Florizel sagte: „Kasperle, dummes, Mondschein heißt der Gasthof."

„Ach so, ja das muß einer eben erst wissen."

„Und da sein Bob, mein lieber Bob."

Ja, da stand Bob. Neben einem schlanken, großen jungen Mann, der ungeheuer gutmütig aussah, stand einer, der war klein, dick, kugelrund, und sein Gesicht sah aus, als hätte er das schlechte Wetter vom ganzen Jahr eben verschluckt. Oh, Bob gefiel Kasperle nicht. Klein, dick, unangenehm, es stimmte alles. Aber Kasperle dachte, ich will Freundschaft mit ihm schließen, denn wenn ihn Mister Stopps gern hat, kann er so übel nicht sein. Er lief auf den Dicken zu, platschte ihm auf den Magen und rief: „Guten Tag, Bob! Ich bin Kasperle."

„Daß du ein frecher Kasper bist, sehe ich," brummte der Dicke, „aber mich Bob zu schimpfen, das verbitt' ich mir. Da hast du deinen Dank!"

Wutsch, saß dem Kasperle eine kräftige Maulschelle im Gesicht, und vor Schreck kugelte er gleich zu dem Wagen zurück.

„Oh, wie böse," rief der Schlanke, der neben dem Dicken stand, „oh, und da ist mein Herr, Mister Stopps!"

Der Schlanke sprang herzu, Mister Stopps schlug ihm vertraulich auf die Schulter und sagte: „Guten Tag, Mister Bob. Wie geht's dir? Und da sein Kahspärle. Oh, so dumm! Kasperle, uarum hast du mit dem fremden Mann geredet?"

„Der hat gedacht, ich wäre es," antwortete Bob vergnügt.

„Das hat er übel genommen. Aber was ist das für ein sonderbarer Junge, Mister Stopps?"

„Das sein Kahspärle."

Kasperle heulte. „Ich hab' doch nur Bob guten Tag gesagt."

„Das sein hier Bob."

„Nä," rief Kasperle, „Sie haben gesagt, er wäre dick, dumm und unangenehm, und das ist der da."

Der Dicke hatte das Wort gehört, wütend kam er herbei und schrie: „Was, ich soll dick, dumm und unangenehm sein?“

„Ich denken, Sie sind dünn, klug und angenehm,“ rief Mister Stopps sehr streng und sehr würdevoll.

„Ach so, ja das bin ich.“ Der Dicke blähte sich auf, Kasperle schaute verwirrt Mister Stopps an. Was redete der nur? Aber da lachten Florizel und Bob alle beide, denn sie merkten, der gute Mister Stopps hatte die Worte verwechselt. Bob, der gar kein Engländer war, wußte gleich, was sein Herr meinte. Er beugte sich zu Kasperle, hob es auf und sagte ihm das, und Kasperle lachte wie toll. Er schloß gleich gute Freundschaft mit Bob, denn den konnte man wohl leiden. Er lachte mit Kasperle um die Wette, und als beide an dem Dicken vorbeigingen, sagte er vergnügt: „Herr Dummklug von Angenehm!“

Weil Kasperle aber gar so lachte, machte der Fremde doch ein verdrossenes Gesicht und brummte: „Ich bin der Herr von Löwenzahn, merk Er sich das!“

„Und ich bin der Graf Kasperle von Torburg, und das da ist der Prinz Stopps von England, merk Er sich das auch,“ schwätzte Kasperle, denn er nahm das Gerede des Fremden nicht für Wahrheit.

Der aber war wirklich dumm. Er sah nicht, wie Kasperles Äuglein zwinkerten. Er verneigte sich ganz tief und sagte demütig: „Oh, verzeihen Sie, Herr Graf, daß ich –“

„Ja, ich bin bitterböse, daß Sie mich geschlagen haben, und der Prinz von England sagte, Sie wären dick, dumm und unangenehm.“

Herrn von Löwenzahn brannten die Ohren. Von einem englischen Prinzen für dumm und unangenehm erklärt zu werden, war höchst betrüblich. Er hielt Kasperle, der davonlaufen wollte, am Ärmel fest und bat: „Ach, lieber kleiner Graf, Sie sind ein sehr spaßiges Herrlein, seien Sie mir nicht mehr böse!“

„Doch,“ schrie Kasperle den Herrn von Löwenzahn an. Dem gellte die Stimme schrecklich in den Ohren, und er prallte ordentlich zurück. Da war Kasperle schon auf und davon, ehe sich der Herr von Löwenzahn noch recht besonnen hatte, und weil Kasperle Mister Stopps, Florizel und Bob schon im Flur des Gasthauses stehen sah, schlug er flink einen Purzelbaum und fiel just vor dem Wirt vom Mondschein nieder.

„Alle guten Geister, was ist denn das?"

„Das ist das weltberühmte, einzige lebendige Kasperle Graf von Torburg," schrie Kasperle den Wirt an, „wir reisen um die ganze Welt herum, mein Herr, der Prinz Stopps von England –"

„Ein Prinz?" Der Mondscheinbesitzer verneigte sich tief, ein Kasperle, das ein Graf war, und ein Prinz waren noch nie bei ihm eingekehrt. Und ehe Mister Stopps noch etwas sagen konnte, rannten alle, Kellner, Hausdiener und Stubenmädchen, durcheinander, und alle riefen: „Die besten Zimmer müssen gerichtet werden."

„Ich habe doch schon welche bestellt," sagte Bob.

„Gilt nicht, gilt nicht," rief der Wirt, „die sind nicht gut genug."

„Kasperle, du bist ein Strick," sagte Bob. Er nahm Kasperle und wollte ihn an den Ohren ziehen, aber da sah ihn das unnütze Kasperle treuherzig an, und Bob sagte: „Ich hab' dich aber doch lieb."

Mister Stopps sagte gar nichts, er war nur verwundert über das Geschrei um sich her, und er ließ sich schieben und drängen, und wenn einer eine Verbeugung vor ihm machte, fragte er jedesmal: „Bob, uas uill er?" Und dann verneigte sich Bob und machte auch eine tiefe Verbeugung, und der Wirt nannte ihn dann: „Herr Kammerherr!"

Die Gäste wurden wirklich in die besten Zimmer geführt, und Mister Stopps wollte sich gerade umziehen, als der Wirt in das Zimmer gerannt kam. Er verbeugte sich fortwährend, und wollte sich gerade erkundigen, wie es seinem Gaste gefiel, als Kasperle ihm mit dem linken Bein einen Nasenstüber gab. „Na, das mach' ich nach," dachte Bob, und ritsch! bekam der Wirt von rechts auch einen. Da rannte der erschrocken aus dem Zimmer und schrie draußen seiner Frau zu, sie sollte ja nicht in die Nähe des Prinzen gehen, der hätte sehr sonderbare Gewohnheiten. Dies hörte

Bob, und Bob war beinah so ein Schelm wie das Kasperle. Er nahm den Kleinen zur Seite und tuschelte ihm etwas zu.

„Fein!" schrie Kasperle und purzelbaumte durch das Zimmer, und auf einmal kugelte er Mister Stopps beinahe um. „O Kahspärle," stöhnte der, „ich uollte ausruhen, mir hinlegen."

„Ich auch!" Kasperle kuschelte sich an Mister Stopps und der sagte: „Du sein ein gutes Kahspärle."

„Es ist Essenszeit!" Der Kellner Fritz, der sich sehr fein benehmen wollte, stürzte in das Zimmer, verneigte sich, und – da hatte er seinen Nasenstüber von Bob.

„Oh Bob, uas sein das?" rief Mister Stopps erschrocken, während Fritz heulend und jammernd aus dem Zimmer lief.

„Kasperlemode." Für lange Antworten war Bob nicht, aber diesmal wollte Mister Stopps doch mehr von der Mode wissen.

Da kam Herr von Löwenzahn in das Zimmer, und ehe er noch wußte, was los war, hatte er von rechts und links einen Nasenstüber. Bob und Kasperle standen gleich darauf steif wie zwei Säulen da.

„Was ist das?" rief Herr von Löwenzahn entrüstet.

„Sitte!" antwortete Bob.

„Wo?"

„Wo."

„In England?"

„In England."

Bob stand steif wie ein Pfahl, er wiederholte wie ein Leierkasten die Fragen.

„Das ist dumm, ganz dumm," rief Herr von Löwenzahn, während Mister Stopps, der ruhig auf seinem Sofa lag, den fremden Herrn durch ein Opernglas betrachtete.

„Uer sein das?"

„Herr von Löwenmaul," erklärte Bob.

„Zahn, Zahn," schrie der kleine aufgeregte Herr.

„Von Maulzahn," sagte Bob.

„Löwenzahn, Dummkopf."

„Herr Löwenmaulzahn von Dummkopf."

Herr von Löwenzahn platzte beinahe vor Ärger, aber da lachte plötzlich das Kasperle, eben wie nur ein Kasperle lachen kann, und darüber verlor Bob auch beinahe seine Ruhe. Er machte aber noch die Türe weit auf, und der Herr von Löwenzahn schoß hinaus wie eine feurige Rakete.

„Uff," stöhnte Mister Stopps, „uas sein hier für komische Leute! Ich uill essen, aber hier unten ist uider etuas los."

Darüber freuten sich Kasperle und Florizel. Bob lachte vergnügt dazu, und dann ging er steif und feierlich, um unten das Mittagessen für seinen Herrn, den Prinzen Stopps von England, zu bestellen. Dabei kam er in einen Seitenflur, dort stand Herr von Löwenzahn, der fuhr mal mit dem linken, mal mit dem rechten Bein in der Luft herum. Er wollte den Gruß, der in England Sitte war, lernen, denn der gute Herr von Löwenzahn war schrecklich dumm, und von England wußte er nur, daß die Leute dort manchmal sonderbar waren.

„So," sagte Bob und fuhr Herrn von Löwenzahn an die Nase.

„Frech!" schrie der.

„Sind Sie selbst, Herr von Löwenmaulzahn," und damit verneigte sich Bob, ging den Flur entlang, und weg war er.

Ein paar Minuten später gab es ein vergnügtes Mahl in dem Wohnzimmer des Mister Stopps. Kasperle aß wie ein paar Scheunendrescher. Bob legte ihm immer die größten Stücke auf. Florizel war auch vergnügt, aber als Mister Stopps bat: „Ein Lied," da sang er doch eine traurige Weise:

„Steh' im hellen Mondenschein,
Seh' mich um und bin allein.
Mein Liebchen ist vorbeigefahren;
Nach hunderttausend Jahren
Treff' ich sie erst auf einem Stern
Und sag': Feinsliebste, hab' dich gern."

„Sehr merkuürdig, nach so langer Zeit," brummte Mister Stopps, und dann schlief er sanft ein.

Kasperle wäre auch gern eingeschlafen, aber Bob nahm ihn am Hosenbödle und sagte: „Komm du mit, du mußt mein Lehrmeister sein."

Und während Mister Stopps schlief, Florizel mit seiner Geige durch die Stadt spazierte, kasperten Bob und Kasperle in Bobs Zimmer, und Kasperle fand, Bob wäre beinahe ein richtiges Kasperle, aber nur beinahe. Zu einem ganz richtigen Kasperle muß man geboren sein. Und Bobs Vater war eben nur ein Schneider gewesen, der zeitlebens auf dem Brett gesessen hatte.

An diesem Nachmittag schlossen die beiden eine dicke, dicke Freundschaft, und Bob versprach dem Kasperle, er würde ihm auch seine Urheimat suchen helfen.

Bob und Kasperle machen eine Entdeckung

Die Fenster der Zimmer, die Mister Stopps bewohnte, öffneten sich nach einem großen Garten. Einsam daneben lag ein altes, gelbes Häuschen, auch in einem Garten, und auf der Mauer, die beide Gärten trennte, hockte Kasperle, und Florizel spielte. Kasperles Beine baumelten wie zwei Uhrpendel hin und her, und an diesen Beinen packte Bob den Schelm, als er ihn auf der Gartenmauer entdeckte. „Kasperle, was machst du?"

„Ich denke nach."

„Worüber?"

„Florizel ist traurig, ich hör's."

„Dein Florizel hat Liebesleid," sagte Bob, „man hört es."

„Was ist denn das?"

„Na, wenn einer ein schönes, junges Fräulein liebt," antwortete Bob.

„Hach, ich weiß, und sie soll den Grafen von Singerlingen heiraten."

„Wen?" fragte Bob erstaunt.

„Na, den Grafen von Singerlingen, so war's bei Rosemarie."

Weil nun Bob von der Geschichte kein Wörtlein wußte, erzählte Kasperle von seinem Freund, dem berühmten Geiger Michele, der die Gräfin Rosemarie geheiratet hatte. „Er konnt's, weil ich zum Herzog August Erasmus ging," schloß er.

„War's da schön?"

„Nä," Kasperle schüttelte sich, als wäre er ein Bäumlein im Winde.

Es fielen aber keine Äpfel und Birnen von ihm herab, sondern ein rotes Seidentäschlein purzelte aus seinem Hosensack dem Bob auf die Nase.

„Was ist denn das?"

„Hach, ein Späßlein," schrie Kasperle.

Er griff nach dem Täschchen, aber Bob hatte es aufgemacht; drinnen lag, zierlich auf Elfenbein gemalt, das Bild eines feinen, hübschen Fräuleins.

„Gehört es dir?"

„Nä." Kasperle beugte sich neugierig hinab und sah das Bild auch an.

„Hach, die ist alleweil an uns vorbeigefahren, und darum hat Florizel so traurig dreingesehen, gewiß, weil Mister Stopps sie nicht mitgenommen hat."

„Wer ist sie denn? Und wem gehört das Täschchen?"

Bob wollte auch zuviel auf einmal wissen. Kasperle legte sich auf die Mauer und seufzte, aber Bob stupfte ihn so lange, bis er erzählte.

Das Bild stellte das Fräulein dar, das den Reisenden öfter unterwegs begegnet war, und das Täschchen gehörte Florizel.

„Und da drüben wohnt sie," rief Kasperle und zeigte auf das kleine gelbe Haus. Flugs kletterte Bob auf die Mauer, und die beiden lustigen Kameraden saßen da und schauten in den fremden Garten hinein. Beide überlegten, wie wohl dem armen Florizel zu helfen sei. Da ging ganz ruhig ein alter Mann durch den Garten, dem sah Kasperle erstaunt nach, und endlich flüsterte er: „Der war's."

„Wer denn?" Bob war etwas ungeduldig, und Kasperle flüsterte ihm geheimnisvoll ins Ohr: „Der sie gefahren hat."

„Also wohnt sie drüben?"

„Hach!" Kasperle rutschte erschrocken von der Mauer herunter, und Bob rutschte ihm flink nach. Unten fragte er: „Was hast du denn?"

„Da sitzt sie!"

„Wer?"

„Na, sie!"

„Ach, das Fräulein, das Florizel liebt?"

„Aber darum brauchst du doch nicht zu schreien."

Kasperle lag am Boden und schnaufte vor Aufregung, und Bob stand daneben und sagte ärgerlich: „Was machen wir nun?"

„Du sagst es ihr."

„Das geht doch nicht!"

„Dann singst du!"

Nun sang Bob auch gern, und der Gedanke, dem schönen jungen Fräulein ein Verslein vorzusingen, gefiel ihm wohl. Aber dann meinte er doch, man müsse erst wissen, was Florizel dazu sage. Der saß noch immer am offenen Fenster und sang leise traurige Lieder vor sich hin, als Kasperle angestiegen kam. Kasperle stellte sich breitbeinig vor ihn hin; er hatte mit

Bob ausgemacht, er wolle heimlich erforschen, ob Florizel das Fräulein liebe. Nun fragte er mit schallender Stimme: „Liebst du sie?"

„Dummkopf," brummte Bob hinter der Türe, „das ist doch nicht heimlich erforscht."

„Wen denn? Was denn?" fragte Florizel.

„Na, sie!" Kasperle war höchst erstaunt und dachte, jeder müßte wissen, daß er das fremde Fräulein von unterwegs meinte.

„Ja," sagte Florizel und lachte. Er hatte keine Ahnung, was das unnütze Kasperle wollte.

„Ich dacht's doch!" Kasperle rannte zur Türe hinaus und suchte Bob.

Der hatte inzwischen einen Gärtner gefunden, und der hatte ihm erzählt, drüben im gelben Hause wohne ein alter Herr, der wäre erschrecklich geizig, und hätte jetzt so eine schöne, junge Nichte eingesperrt. Weil die auch reich war, gönnte er sie keinem, nur dem dicken Herrn von Löwenzahn, weil der auch reich war.

Na, das war eine Geschichte!

„Wir befreien sie!" Bob und Kasperle kletterten wieder auf die Mauer. Da sahen sie drüben eine Dame lustwandeln. Die war ganz eingehüllt in einen langen, schwarzen Schleier, und Kasperle schrie: „Sie ist's!"

„Sie ist es nicht," rief Bob.

„Doch, sie ist es, du mußt ihr dein Lied vorsingen."

Die Dame setzte sich, und Kasperle gab dem neuen Freund ein solches Stößlein, daß der gleich in den Nachbargarten plumpste. Wie eine reife Pflaume fiel er hinein.

Die Dame saß auf einer Bank, sie drehte ihm den Rücken zu, und Kasperle flüsterte: „Mach doch, flink!"

Da schlich sich Bob heran, stellte sich hinter der Dame auf und sang leise:

„Schöne Maid, schöne Maid,
Florizel denkt dein.
Bald, bald dein Leid,
Bald dein Leid
Gelindert soll sein.“

Da drehte sich die Dame um, und –

Alle guten Geister, erschrak da Bob. Eine fremde, sehr böse aussehende Dame schaute ihn an, die fragte mit einer dünnen Quietschstimme: „Wer ist denn dein Herr Florizel?“

Da riß Bob aus. Eins, zwei, drei, war er auf der Mauer, und dann sauste er mit Kasperle zusammen herab, und beide purzelten in einen Rosenbusch. Das war weder ihnen noch dem Busch angenehm. Es gab Risse und Krätzer in den Gesichtern und an den Händen, und da rief gerade Mister Stopps oben, und jenseits rief die Dame. Es war sehr unangenehm!

Bob und Kasperle rannten in das Haus hinein zu Mister Stopps. Der sah sie erstaunt an und fragte, was sie getan hätten. Da erzählten sie eine traurige Geschichte von der Gartenmauer und dem Rosenbusch, von der fremden Dame sagten sie aber kein Wort. Auf einmal tat sich die Türe auf und die Dame aus dem Garten kam herein und fragte: „Ist hier Herr Florizel?“

„Ja, der bin ich!“ Florizel blickte die Dame verwundert an. Die lächelte jetzt sehr holdselig und – bums! da fiel sie dem erschrockenen Florizel um den Hals. „Ach,“ rief sie, „ich wußte ja nicht, daß du mich lieb hast, erst durch deine Boten habe ich es erfahren.“

Florizel war ganz verdutzt, er stand wie ein Pfahl, und Mister Stopps fragte: „Uer sein das?“

„Mein Bräutigam,“ rief die Dame.

„Nä,“ schrie da auf einmal Kasperle. „Das ist ’ne falsche. Das ist ein Gespenst!“

Die Dame erschrak arg vor Kasperles großer Nase und seinem frechen Gesicht, und da Florizel sie auch nicht hielt, plumpste sie vor Schrecken gerade Mister Stopps vor die Füße.

„Bitte," sagte der, „das müssen Sie nicht tun!"

„Schrecklich!" stöhnte die Dame, und da sah sie Bob. „Er ist's, der hat gesungen," rief sie empört.

„Ja, aber ich habe eine andere gemeint!" stotterte Bob verlegen.

„Welche andere? Oh, ich weiß, er meint die Jungfer Angela, des Herrn Vetters Mündel. Ei, das sind ja schöne Geschichten! Na, ich werde es dem Herrn Vetter schon sagen!" Die Dame sprang auf und rannte aus dem Zimmer, und Mister Stopps sah ihr verdutzt nach: „Uas uollte sie?"

„Mich," rief Florizel, „und angezettelt haben das Bob und Kasperle."

„Bob ist dran schuld," rief Kasperle vorschnell und unschuldsvoll.

Da sagte Bob traurig: „Aber Kasperle!"

„Ich auch, ich auch, ich am meisten!" Kasperle fing ein wildes Geheule an, und dann stöhnte er: „Ich kann doch nichts dafür, wenn die Falsche dasitzt. Ich wollte doch Florizel helfen!"

„Dummes, kleines Kasperle, warum wolltest du mir denn helfen?" fragte Florizel freundlich.

„Weil du eine Braut möchtest und – und –"

„Aber ich will ja gar keine!" Nun erzählte endlich Bob die ganze Geschichte und Mister Stopps schüttelte bald den Kopf vor Verwunderung.

„Aber ich kenne das fremde Fräulein doch gar nicht," rief Florizel lachend.

„Aber du hast ihr doch zugenickt und hast ihr Bild."

„Du doch auch, Kasperle. Und das Bild hab' ich gefunden, gestern auf der Treppe. Ich glaube, es gehört Herrn von Löwenzahn. Wenn ich ihn gesehen hätte, dann würde ich es schon zurückgegeben haben."

„Du hast aber gesagt, du liebst sie," schrie Kasperle jetzt wütend.

„Ich habe Spaß gemacht. Ich wußte ja nicht, wen du meinst."

„Hach!" Kasperle machte ein unglaublich dummes Gesicht, Florizel und Bob lachten, Mister Stopps sagte: „Kurios!" und dann mußten ihm Bob und Florizel die Geschichte noch dreimal erzählen, ehe er sie verstand. Da rief er: „Uir uollen abreisen."

„Ja, abreisen." Bob machte gleich einen Hopser, Kasperle sah aber traurig drein und sagte: „Florizel, wenn du sie nicht heiratest, muß sie Herrn von Löwenmaul –"

„Zahn," schrie Bob.

„Löwenzahn heiraten, das ist schlimm."

„Aber Herzenskasperle, ich kenne sie ja gar nicht."

Kasperle senkte seine Nase, und während Bob rasch daran ging, die Sachen wieder einzupacken, schlich das Kasperle hinaus. Er ging wieder in den Garten, und auf einer ganz von Gebüsch überwachsenen Stelle kletterte er auf die Mauer und schaute in den Nachbargarten hinab. Der gefiel ihm gar nicht. Er sah wild und wüst aus. Wenig Blumen blühten darin, und gerade als Kasperle oben auf der Mauer sich zurechtgesetzt hatte, ging unten ein mürrisch dreinschauender Herr mit Herrn von Löwenzahn vorbei. Die beiden redeten etwas, das Kasperle nicht verstand, aber während sie noch sprachen, kam die bitterböse Dame angelaufen, der vorhin Bob das Lied gesungen hatte.

„Sie wollen Angela entführen," rief sie.

„Wer – was?"

„Drüben einer, der sich Stopps nennt."

„Ein Prinz von England." Herr von Löwenzahn erzählte von Mister Stopps, und die Dame erzählte die ganze Geschichte, die sie erlebt hatte.

„Das ist unerhört, sie wollen wirklich Angela entführen!" riefen der Griesgram und Herr von Löwenzahn.

„Da kommt sie, ihr könnt sie gleich nach diesem Florizel fragen. Sie kennt ihn gewiß."

Da kam das schöne junge Fräulein, das Kasperle unterwegs gesehen hatte, langsam daher. Wirklich, sie war es. Sie hing den Kopf und sah sehr traurig aus, und Kasperle dachte betrübt: „Ach, wenn sie lacht, ist sie noch viel schöner."

Aber das Fräulein sah aus, als hätte sie das Lachen ganz verlernt. Dazu wurde sie auch noch angefahren von ihrem Vormund, ihrer Tante und Herrn von Löwenzahn.

Das arme Fräulein fing bitterlich an zu weinen, und Kasperle auf seinem Mauerversteck hätte beinahe mitgeheult. Und dann wurde er fuchswild, denn Herr von Löwenzahn sagte, die Hochzeit solle gleich morgen sein, das wäre am besten.

„Ja, und bis dahin wird sie in das Gartenhaus gesperrt," rief der Griesgram zornig.

Aber da weinte das junge Fräulein sehr und sagte, darin wäre es so dunkel, und Ratten und Mäuse wären auch darin. Und vielleicht auch Fledermäuse.

Aber je mehr sie bat und weinte, desto mehr schalten der Griesgram und die Tante auf sie ein, nur der Herr von Löwenzahn war nicht für das Gartenhaus. Der Vormund schien aber ein äußerst zorniger Herr zu sein, er schrie immerzu: „Ins Gartenhaus, ins Gartenhaus!"

Potz Blitz, das ging dem Kasperle doch über die Hutschnur. Er hätte beinahe laut geschrien. Sie sperrten die arme Angela wirklich in das Gartenhaus, und der Vormund wollte gerade den gewaltig großen Schlüssel abziehen, als ihm Kasperle ein Scheit Holz auf die Nase warf. Im gleichen Augenblick zog ihn jemand von rückwärts von der Mauer und hielt ihm auch noch den Mund zu. Es war Florizel. „Sei still," flüsterte der, „ganz still!" Kasperle war nun still, desto mehr schrien die drüben: „Da hat jemand Holz über die Mauer geworfen." Florizel zog Kasperle in einen Winkel und kaum kauerten sie in ihrem Versteck, als Herr von

Löwenzahn über die Mauer sah. Er konnte die beiden nicht erblicken und sagte: „Der Garten ist ganz leer, es war ein trockener Ast. Ein Zeichen, lieber Oheim, daß Sie Angela nicht einsperren sollen."

„Eingesperrt wird sie, und damit Punktum!" rief der Griesgram. Noch ein paar Minuten redeten sie zusammen, dann sahen Florizel und Kasperle sie fortgehen, und ein Weilchen später war es ganz still. „Kasperle," sagte Florizel, „gelt, dem armen, schönen Fräulein helfen wir zwei, aber kannst du den Mund halten?"

Platsch, schlug Kasperle gleich mit beiden Händen auf seinen Mund, und Florizel nickte. „So ist's recht," lobte er, „und nun paß einmal auf, daß niemand kommt."

Er kletterte auf die Mauer und hob Kasperle auch hinauf. Der mußte nach links und nach rechts sehen, während sich Florizel auf das Dach des Gartenhauses setzte und durch den Schornstein in das kleine Haus hinabsang:

„Schönstes Jungfräulein,
Mußt stille sein,
Springen auch die Ratten und Mäuse,
Kommt doch bald leise, leise
Einer übers Mäuerlein,
Dich, Angela, zu befrein,
Und beim Mondenschein
Geht's in die weite Welt hinein.
Rate, wer kann das sein?"

Im Häuschen war es erst ganz still. Dann tönte ein feines Singen heraus, das hörten die beiden wohl.

„Florizel, der Sängersmann,
Mich wohl befreien kann,
Florizel, vergiß mein nicht
Beim Mondenlicht."

Da sang Florizel noch einmal:

„Allerschönstes Jungfräulein,
Nicht bange sein!
Florizel hält sein Wort,
Noch heut führt er dich fort."

„So, das ist ja eine nette Geschichte," sagte Bob, der die ganze Singerei mit angehört hatte. Er stand im Garten, und das Kasperle hatte vor lauter Mitgefühl den Bob gar nicht gesehen. Erst wollte Bob schelten, aber da sagte Florizel: „Bob, du mußt uns helfen." Und Bob, der lieber drei dumme als einen klugen Streich machte, sagte ja. „Und um Mitternacht retten wir sie. Das Fräulein Angela muß halt der neue Diener sein."

„Ja, braucht denn Mister Stopps noch einen Diener?"

„Ha, wie kann der wissen, wer hinten aufsitzt!" rief Bob.

„Nun aber flink hinein, drinnen steht der ganze Flur voll Besuch; sie wollen alle den Prinzen von England sehen!"

„Ja," schrie Kasperle, „was machen wir da?"

„Nichts weiter, als du legst dich ins Bett und spielst den Prinzen von England. Mister Stopps schläft. Kommt flink hinten herum. Es darf uns niemand erwischen."

Der Prinz von England

Mister Stopps schlief. Vor seinem Zimmer aber standen der Bürgermeister, Stadträte und etliche vornehme und reiche Bürger, die wollten alle den englischen Prinzen sehen. Florizel, Kasperle und Bob waren inzwischen durch ein Balkonfenster hineingeklettert, und Bob machte jetzt mit dem ernstesten Gesicht die Türe auf und flüsterte: „Der Prinz schläft, niemand kann ihn sehen."

„Oh, das ist aber schade," riefen etliche. „Wann will er denn abfahren?"

„Morgen abend,“ sagte Bob flink, der dachte, sonst kommen alle morgen angerannt. „Wir wollen ihm Blumen überreichen lassen,“ flüsterte ein reicher Kaufmann.

„Das ist schön,“ sagte Bob. „Sie haben so ein nettes Gesicht, Sie dürfen auch den Prinzen einmal sehen, wie er schläft.“

„Oh, tausend Dank, Herr Oberhofmeister.“ Der Kaufmann war schrecklich eingebildet, er tänzelte in das Zimmer hinein. Damit auch alle sehen konnten, daß er den Prinzen zu sehen bekam, blieb er sogar noch ein Weilchen in der Türe stehen.

„Hat's der Herr Binder gut,“ murmelten die andern draußen, und der Stadtrat Knackermann kam flugs angelaufen, er mußte unbedingt den Prinzen sehen.

„Meinetwegen,“ brummte Bob.

Die andern nahmen es gewaltig übel, daß die beiden so bevorzugt wurden. Sie drängten nach, und dann standen sie alle im Zimmer.

Kasperle lag im Bett, tat, als ob er schliefe, und machte dazu ein Gesicht wie Mister Stopps. Neben ihm stand Florizel.

„Na, schön ist er nicht,“ brummte der Stadtrat Wichtelmeyer.

„Doch, er ist schön, er sieht so geistreich aus.“

„Nicht so nahe!“ Florizel machte ein sehr ernstes Gesicht und dachte, wenn sie nahe kommen, merken sie sonst, was für ein Wichtlein im Bett liegt.

Es merkte es aber niemand, nur der Stadtrat Knackermann sah etwas höchst Seltsames. Als er sich beim Hinausgehen noch einmal umdrehte, um, wie er zu Bob sagte, den schönen Prinzen noch einmal zu sehen, fiel er gleich zur Tür hinaus vor Schreck.

„Aber, Herr Stadtrat, was haben Sie? Sie sehen ja käseweiß aus,“ rief der Bürgermeister.

Der arme Stadtrat brachte vor Entsetzen kein Wort heraus. Erst unten auf der Straße stöhnte er: „Der Prinz ist etwas – hm sonderbar.“

„Dafür ist's ein Engländer," sagte Stadtrat Wichtelmeyer.

„Aber – aber – er hat eine lange Nase gemacht."

„Eine lange Nase?" Die andern sahen den guten Stadtrat an, als wäre er vom Monde gefallen, und der Bürgermeister riet ihm endlich: „Gehen Sie nach Hause, und legen Sie sich ins Bett. Sie haben Fieber, Sie bekommen einen Schnupfen."

Das meinten die andern auch. Wie konnte ein Prinz von England eine lange Nase ziehen! Das war doch unmöglich.

Im Bett aber lag Kasperle vergnügt, lachte und lachte. Oh, er wußte schon, woher die lange Nase kam.

Bob lachte auch, und Florizel sagte: „Seid nicht zu übermütig! Denkt, wir müssen noch das schöne Fräulein Angela befreien."

„Da sind Sachen von mir, die sind mir zu klein, die kann sie anziehen." Bob legte einen weißen Matrosenanzug zur Seite.

„Ich helfe mit befreien," schrie Kasperle.

„Du nicht, du machst nur Dummheiten."

„Ich mach' keine, mache nie eine!"

„Oh, Kasperle, kleiner Schwindelpeter!"

„Nä, nur manchmal."

„Manchmal? Oft!" Florizel, der Spielmann, stritt sich noch eine Weile mit Kasperle herum, bis er schließlich nachgab, Kasperle dürfe die schöne Angela befreien helfen.

Ach, und wie wichtig war Kasperle dabei. Erstens plumpste er durch den Schornstein in das Gartenhaus oben hinein, und mit seiner Hilfe gelang es Angela, oben eine Luke aufzumachen, und gerade wollten sie beide durchkriechen, als Florizel von der Mauer her rief: „Pst, es kommt jemand!"

Herr von Löwenzahn kam. Der hatte den Schlüssel in der Hand und flüsterte: „Angela, mein holdes Kind, ich komme, dich zu befreien."

„Du kommst auch zur unrechten Zeit," brummte Bob.

„Laß nur, Kasperle wird schon helfen," flüsterte Florizel.

Und Kasperle half. Herr von Löwenzahn bückte sich gerade und schloß auf, als ihm etwas auf den Kopf fiel. „Aber Angela, holdes Mädchen," flüsterte er, „was ist denn das?"

Ein Sack hing ihm über dem Kopf, und ehe er recht etwas sehen und den Sack vom Kopf entfernen konnte, erhielt er ein kräftiges Rippenstößlein. Er purzelte in das Gartenhaus, etwas umflatterte ihn, und dann saß der Herr von Löwenzahn darin, und die schöne Angela wurde über die Mauer gehoben.

Im Gartenhaus war es wirklich nicht schön, und eine Stunde verging, ehe sich der Herr von Löwenzahn darin zurechtfand und endlich oben eine Luke offen fand. Da schrie er denn aus Leibeskräften: „Hilfe, Hilfe!"

Erst hörte ihn lange niemand, dann sagte die Tante: „Im Garten schreit jemand. Himmel sie werden doch Angela nicht rauben."

„Unsinn," brummte der Onkel Griesgram.

Weil aber das Geschrei immer lauter wurde, stand er doch endlich auf, rief seinem Diener und dem alten, verdrossenen Kutscher und ging mit der Tante nach dem Gartenhaus.

Herr von Löwenzahn schaute zur Luke heraus. Der Sack hing ihm noch immer über dem Kopf, sein Gesicht war ganz schwarz geworden, weil es im Gartenhaus wenig säuberlich war und er sich beschmiert hatte. Da hielt ihn die Tante für einen Räuber. Sie schrie laut, der Onkel Griesgram rannte davon, der Diener und der alte Kutscher rannten hinterdrein.

Alle dachten, Räuber wären im Gartenhaus, die hätten das Fräulein Angela überfallen.

„Und gewiß haben sie den guten Löwenzahn getötet," jammerte die Tante.

„Man hole die Wache," schrie der Onkel.

„Die Wache!" Der alte Kutscher konnte vor Entsetzen kein Glied mehr rühren.

„Wache, Wache!" Das rief jemand aus dem Ofenwinkel, dort kauerte der Diener. Der klapperte vor Angst.

„Wache, Wache!" schrien alle vier.

Endlich ging die Magd Bärbe und brummte: „So schlimm ist's doch nicht, auf die Wache zu gehen." Sie ging also, und unterwegs fuhr ihr der Wagen, in dem Mister Stopps saß, an der Nase vorbei. Und Bärbe blieb stehen und sah sich alles recht genau an, denn einen Prinzen von England bekommt man nicht alle Tage zu sehen.

Darüber verging die Zeit, und es dauerte lange, ehe ein paar Stadtsoldaten zu dem Oheim Griesgram in das Haus kamen. Der Herr von Löwenzahn hatte sich schon ganz heiser gebrüllt, und vor Schreck und Angst war er so elend, daß er zuerst nur „Schnapp" sagen konnte, mehr nicht.

„Da ist der Räuber!" – „Der schreckliche Räuber!" – „Haltet ihn fest!" Die Tante und die Magd quiekten, der Oheim brüllte, Diener und Kutscher fingen an, Herrn von Löwenzahn durchzuprügeln, und der Wachtmeister befahl streng: „Bindet ihn, der kommt ins Gefängnis. Dem ergeht es übel."

Na, übel erging es Herrn von Löwenzahn in dem Augenblick schon, denn kaum tat er seinen Mund auf, da schlug ihm einer darauf. Das war der alte Kutscher, der hatte ihn gar wohl erkannt, aber er war so bitterböse auf ihn, weil er die arme, schöne Angela so gequält hatte, daß er immer noch tat, als hielte er ihn wirklich für einen Räuber. Er hatte auch Florizel ganz heimlich über die Mauer steigen sehen, und bei sich gedacht, das Fräulein Angela lasse sich gewiß ganz gern von dem jungen Spielmann befreien.

Weil der Kutscher Herrn von Löwenzahn auch immer den Sack über das Gesicht zog, dauerte es sehr lange, bis die andern sahen, wer eigentlich der Räuber war.

Nachher war freilich das Entsetzen und Erstaunen sehr groß. Die Tante fiel gleich in Ohnmacht, und der Kutscher nahm sie und trug sie geschwind an das Haus und hielt sie dort unter die Pumpe. Davon wurde die Tante wieder munter, aber sie schalt wie eine ganze Spatzenfamilie, und der Herr von Löwenzahn konnte wieder nicht erzählen.

Endlich, endlich kam er dazu. Da riefen gleich alle: „Das ist der Florizel gewesen, der sie hat ansingen wollen. Wir müssen hinüber in den Mondschein laufen und dort sehen, ob Angela da ist."

„Ich tu's," rief der alte Kutscher. Aber diesmal gelang ihm sein Streichlein nicht. Die Tante lief mit, das Mädchen lief mit, und der Herr von Löwenzahn humpelte hinterdrein.

Zur Mitternachtsstunde langten sie vor dem „Mondschein" an. Der lag nun wirklich im Mondschein. Alle Fenster waren dunkel. Wirt, Kellner, Mägde, Hausknechte, alle schliefen friedlich nach mühsamer Tagesarbeit, und keiner war sehr für schnelles Aufwachen. Endlich kam der Hausknecht und fragte, was los sei. „Wir wollen den englischen Prinzen sprechen." Herr von Löwenzahn pustete sich auf wie ein Gockel. „Aber flink, es eilt!"

„Ach meinetwegen kann's eilen, bei uns wohnt kein englischer Prinz mehr."

„Aber Johann, besinn dich doch, heute ist doch ein englischer Prinz angekommen."

„Is nicht! Hier war nur ein Mister Stopps, und der ist schon wieder weg."

„Kein englischer Prinz?" Herr von Löwenzahn fiel vorsichtshalber nicht in Ohnmacht, er dachte, sonst komme er auch unter die Pumpe.

„Kein englischer Prinz?" riefen alle.

„Nä, aber 'n sehr reicher Herr mit 'nem kuriosen Ding, 'nem richtigen Kasperle," brummte Johann. „Auf einmal, vor zwei Stunden sind sie alle weg."

„Mit einem jungen Fräulein?" schrie die Tante.

„Nä, ohne Fräulein.“

„Das ist eine Lüge!“ sagte Herr von Löwenzahn zornig.

Aber da kam er bei Johann schlecht an. „Ich lüge nicht!“ brummte der, und bums schlug er die Haustüre zu.

Da mußten die draußen wieder klopfen und rufen, und Johann machte erst auf, als der Wachtmeister rief: „Im Namen des Gesetzes, aufgemacht!“ Da tat der „Mondschein“ seine Tür wieder auf, und jetzt kam der Wirt und erzählte auch, Mister Stopps sei eben Mister Stopps und kein englischer Prinz gewesen, und abgereist wäre er, weil er nicht für einen englischen Prinzen gehalten werden wollte.

„Und das Fräulein, das Fräulein Angela,“ rief Herr von Löwenzahn aufgeregt, „wo ist meine liebe Braut?“

„Im Fremdenbuch steht sie nicht,“ brummte der Wirt.

O arme, schöne Angela. Beinahe wäre alles gut gegangen, wenn nicht ein Stubenmädchen gesehen hätte, wie Angela heimlich in das Hotel geführt wurde. Dieses verriet alles.

„Ha,“ schrie der alte Kutscher, „ich hab’ die Postkutsche nach Osten fahren sehen, die Gründorfer Straße entlang ging es.“ Der gute Alte dachte: „Nun führ’ ich sie auf eine falsche Fährte.“ Aber da war Bärbe, und Bärbe hatte die Kutsche die Delsheimer Straße entlang fahren sehen; denn jetzt hatte Mister Stopps seinen eigenen Wagen, und der Wirt meinte, das könne schon stimmen.

„Auf, auf! Der entführten Angela nach!“ schrie Herr von Löwenzahn.

„Schnell eine Extrapost!“

„Eine Extrapost! Ich reise mit,“ rief die Tante.

„Ich auch,“ brummte der Oheim.

„Nein, ich fahre allein,“ erklärte Herr von Löwenzahn, „eine Verfolgung muß man schlau anfangen.“

„Dann fahre ich auch allein," erklärte der Onkel, „ich nehme nur den Peter mit."

„Und ich Bärbe," sagte die Tante rasch entschlossen, „fahren tu' ich auch."

„Nehmen Sie mich mit, gnädiger Herr von Löwenzahn," bat der alte Kutscher, „ich kenne Fräulein Angela unter jeder Verkleidung heraus." Der gute Alte dachte: „Wenn er mich mitnimmt, dann wollen wir schon an Fräulein Angela vorbeifahren."

Aber Herr von Löwenzahn dachte an die Klapse auf den Mund und an den Sack über den Kopf. Er sagte nein, und die Tante sagte auch nein, denn sie dachte an die Pumpe.

Der alte Martin seufzte, aber dann mußte er gehen und geschwind die Extrapost bestellen. Und als er ging, brummte er: „Klug willst du sein, Herr von Löwenzahn, aber dumm bist du doch. Mein Fräulein Angela soll dich doch nicht heiraten."

Als es Morgen war, hielt endlich eine Extrapost vor dem gelben Hause, nur eine, denn zuletzt hatte selbst Herr von Löwenzahn gefunden, mehrere Wagen wären zu teuer. Innen saßen der Onkel Griesgram, Herr von Löwenzahn, die Tante und Bärbe, auf dem Bock zwei Postillone. Der eine war Martin als Postillon verkleidet. Peter mußte daheim bleiben und das Haus verwahren. Und fort ging die Reise.

„Martin hat nicht mal Lebewohl gesagt, na, das soll ihm aber angestrichen werden!" sagte die Tante, als der Wagen zur Stadt hinausrollte.

„Es war schlau von mir, ihn nicht mitzunehmen." Herr von Löwenzahn lächelte stolz, und der Oheim brummte: „Sehr schlau, er hält es sicher mit Angela."

Traratrara! blies der eine Postillon, und der andere lachte vergnügt vor sich hin. Sonderbar, der sah beinahe wie der Martin aus.

Eine lustige Fahrt

Sonnenschein, Maienglanz, blühende Blumen, Vogelgesang. Wie war es schön, so am lichten Morgen in die weite Gotteswelt hinein zu fahren!

Dem Kasperle hüpfte sein kleines Herz vor Freude. Beim Mondenschein waren sie aus der Stadt hinausgefahren, durch einen stillen, schlafenden Wald. Da hatten leise die Quellen gesungen, und das Mondlicht war an den dicken Baumstämmen niedergerieselt. Ein feines, sachtes Rauschen dazu. Schön war es gewesen, wunderschön. Aber nun schien die Sonne. Ein Tag voll Lieblichkeit war heraufgezogen, und das kleine Kasperle baumelte vor Vergnügen mit seinen Beinchen. Es saß in dem Wagen Mister Stopps gegenüber. Florizel hatte sich vorn auf den Bock gesetzt, Bob auf den Bedientensitz hinten am Wagen.

Florizel sang zur Violine:

„Wie bist du herrlich, liebe Erde!
Im Glanze deiner schönen Fluren
Geh' ich auf unsres Herrgotts Spuren
Und hör' sein schaffendes „Es werde."

„Es gefällt mir," sagte Mister Stopps, und dann steckte er den Kopf zum Wagenfenster hinaus und rief: „Oh, mehr, mehr!"

Florizel spielte wieder und sang dazu:

„Wald und Wiese,
Feld und Baum,
Alles grüße,
Wie im Traum.
Vogelsingen,
Bäumerauschen,
Quellenklingen
Möcht' erlauschen.
In dies schöne Vielerlei,

Heller tönt mein Tarandei,
Tarandei, dideldum."

Mister Stopps nickte wieder zufrieden, und das Kasperle, das ihm gegenüber saß und etwas auf seinem Herzen hatte, dachte: „Nun sag' ich es!" und nickte auch mit. Da sprach Mister Stopps plötzlich, just als Kasperle seinen Mund auftun wollte:

„Kahspärle, uie ist das? Mal sitzt Bob vorne, mal sitzt Bob hinten. Uie kann ein Mensch vorne und hinten zu gleicher Zeit sitzen?"

Kasperle wurde feuerrot: „Das ist Bobs Bruder, der vorne sitzt," stotterte er.

„Uie komisch! Uie kann Bob einen Bruder haben, uenn er doch ein Uaisenkind ist und nie einen Bruder gehabt hat?"

„Er – er – er – ist von der Mauer gefallen!"

Kasperle dachte: „Das ist nun schlimm, Mister Stopps die Wahrheit zu sagen," denn Mister Stopps sah ihn mit einem strafenden Blick an: „Kahs – pärle, du tust lügen."

Kasperle suchte seine Nase. Es half nichts, er mußte bekennen. Da tönte draußen Florizels heitere Stimme:

„Schönes Fräulein,
Sagt mir an,
Warum den Herrn von Löwenzahn
Ihr wolltet gar nicht frei'n."

Und eine silberhelle Stimme antwortete:

„Oh Florizel,
Lieber Spielmann mein,
Ich will ihn nicht,
Ich mag ihn nicht,
Er ist ein aufgeblasener Wicht."

„Das ist er," schrie innen Kasperle.

„Uer, Kahs – pärle?"

„Der Herr von Löwenmaulzahn. Und Angela ist Bobs Bruder, nein, sie ist es eigentlich nicht, und sie saß im Gartenhaus, und nun sitzt der Herr von Löwenmaulzahn drin, und – und – und –"

Kasperle wußte nicht weiter, und Mister Stopps wußte erst recht nicht weiter, denn die Namen, die Kasperle genannt hatte, waren ihm ganz unbekannt.

„Bob soll kommen," riefen Herr Stopps und Kasperle zu gleicher Zeit.

Und Bob kam und brachte Florizel mit, und Mister Stopps sagte streng: „Bob, jetzt stehst du hier und sitzt doch auf dem Bock, wie ist das?" Da erzählten Bob und Florizel, wie sie die schöne Angela gerettet hatten, und Mister Stopps rief: „Umkehren, das geht nicht!"

Wie gut war es, daß Kasperle so unbändig heulen konnte! Heiliger Bimbam, schrie der kleine Wicht. Mister Stopps erschrak gewaltig, er versuchte Kasperle zu trösten, aber der war schlau, er tat ganz jämmerlich unglücklich. Je aufgeregter Mister Stopps wurde, desto mehr heulte das Kasperle. Der riß seinen Mund ganz ungeheuer auf und schluchzte, als wäre ihm selbst das tiefste Herzeleid widerfahren.

Als Mister Stopps, dem es immer ängstlicher zumute wurde, einmal sagte: „Uir müssen in die Stadt zurückkehren," schrie Kasperle: „Ich stirbse, ich stirbse!" und klapp fiel er um und verdrehte die Augen. Florizel beugte sich über ihn und flüsterte: „Jetzt müßtest du eins aufs Hosenbödle haben."

Der Florizel war doch ein guter Arzt. Kasperle starb nicht, sondern war auf einmal wieder ganz munter und bat Mister Stopps zärtlich: „Bitte, bitte nicht umkehren, lieber Mister Stopps!"

„Aber das fremde Fräulein?" fragte Mister Stopps.

„Das ist doch kein Fräulein mehr, ist Bobs Bruder geworden, und Bobs Bruder heißt Tom und kann mitfahren." Kasperle fand die Geschichte äußerst einfach. Mister Stopps fand sie weniger einfach, aber was sollte er mitten auf der Landstraße tun? Er sagte also: „Meinetwegen!“ Und dann hielt er sich die Ohren zu und rief: „Nichts mehr hören. Kahspärle haben mich die Ohren entzuei geschreit – geschrieht – geschreiten.“ „Hahaha!“ Kasperle tat wieder seinen Mund weit auf, aber diesmal, um zu lachen, und Mister Stopps, Florizel, Bob und Angela und der Kutscher, alle lachten mit. Heio, das war eine lustige Fahrt. Immer glänzender wurde der Himmel, immer strahlender die Sonne. Mittagsfriede lag über dem Lande.

Im Wagen schmausten sie, und Angela, genannt Tom, schmauste fröhlich mit. Dann setzte sie sich neben Florizel hinten auf das Bedientenbänklein, Bob setzte sich neben den Kutscher, und weiter ging die Fahrt. „Bis zur Schwarzen Ente,“ sagte der Kutscher. „Das ist ein feines Wirtshaus.“

Florizel spielte ganz, ganz leise, und Angela erzählte ihm. Ein Waislein war sie, und einen geizigen Vormund hatte sie. In Italien lebte ihre gute, gute Großmutter, aber zu der wollte der Vormund sie nicht reisen lassen, obgleich Angela die gute alte Frau von Herzen liebte. „Wenn ich erst dort bin, bin ich geborgen,“ erzählte Angela weiter. „Die Großmutter ist –“

„Himmelsgut,“ sagte jemand, und das war Kasperle.

Mister Stopps schlief, da war es dem Kasperle zu langweilig geworden. Er war aus dem Fenster geklettert und schaute nun vom Verdeck des Wagens auf die beiden herab.

„Ja, himmelsgut. Oh Kasperle, liebes, kleines Kasperle,“ sagte Angela, „ich habe schon so viel von dir gehört, denn ich war eine Zeitlang bei der Prinzessin Gundolfine –“

„Brrrrrrr!“ Kasperle schüttelte sich so, daß Florizel fragte: „Wird dir übel?“

Da schrie Kasperle: „Hach, ich weiß jetzt, wer die Heirat mit Herrn von Löwenmaulzahn ausgeheckt hat.“

„Die Prinzessin,“ rief Angela.

„Ja, die,“ Kasperle machte ein bitterböses Räubergesicht, und dann –

„Die Prinzessin!“ Angela purzelte beinahe vom Wagen. Auf einmal sah nämlich das Kasperle wie die Prinzessin aus und gleich darauf wie Herr von Löwenzahn, und dann gab es ein fröhliches Gelächter, und Bob, der es hörte, kletterte auch auf das Kutschenverdeck, legte sich neben Kasperle, und beide schwatzten mit Florizel und Angela.

Und weiter ging die Fahrt, immer weiter, vorbei an kleinen Dörfern, die im Baumschatten malerisch zwischen Wiesen und Feldern lagen. Einmal kam ein Städtchen. Da rollte und rumpelte der Wagen über holpriges Pflaster. Kinder, Erwachsene, Hunde, Katzen, alles lief herbei, denn Kasperle schnitt die ungeheuersten Fratzen. Lautes Lachen umtoste die Kutsche, in der Mister Stopps behaglich schlief. Der Kutscher lachte, ja, ja, mit einem Kasperle fuhr es sich schon lustig in der Welt herum.

„Was ist das für ein kecker Wicht?“ fragte der Wächter ernsthaft. Wutsch, da machte ihm Kasperle sein Gesicht nach, und der Wächter rief verdutzt: „Der sieht beinahe aus wie ich, komisch!“

„Hier bleiben!“ riefen die Kinder.

Und die Wirtin vom Schwan knickste und rief auch:

„Solche Gäste müßten doch ausspannen.“

Aber der Kutscher sagte: „’Ne Schwarze Ente ist mir lieber als ’n schmutziger Schwan, und dann sind wir auch bald an der Grenze.“

„An was für ’ner Grenze?“ fragte Kasperle.

„An der Schweizer Grenze.“

„Uo sein die Schweiz? Sein uir da?“ Mister Stopps war aufgewacht, schaute sich erstaunt um, und da kletterte Kasperle zum großen Vergnügen der Reisegesellschaft wieder über das Verdeck in den Wagen zurück und setzte sich Mister Stopps gegenüber.

„Was ist die Schweiz?“ fragte Kasperle.

„Ein Land!“

„Wegzoll!“ schrie jemand, und Bob warf von oben herab dem Zollbeamten ein Geldstück zu.

„Halt!“ schrie der, „wieviel Personen passieren?“

„Fünf und ein Kasperle.“ Bums, fiel der Schlagbaum herunter. „Verspotten lasse ich mich nicht,“ brummte der Beamte. „Was ist ein Kasperle?“

„Das bin ich.“ Kasperle schoß einen Purzelbaum aus dem Wagen heraus, und der Zollwärter rief: „Potztausend, das ist wirklich ein Kasperle.“

Mister Stopps zeigte ihm nun seinen Schein von Torburg, auf dem stand, daß er Kasperle für sehr viel Geld gekauft hätte.

Da machte der Mann große Augen, er schrieb aber alles ordentlich in ein Buch hinein. Als Mister Stopps seinen Namen und Geburtstag genannt hatte und gerade Bob nennen wollte, schrie Kasperle: „Und das ist Bob und Tom, zwei Brüder, und das ist Florizel, der kann besser singen als die Nachtigall des Kaisers von China.“

„Gut, gut!“ Der Zollwächter lachte, er sah sich nur noch Florizel an, dann konnte der Wagen weiterfahren, und weiter ging es, immer weiter.

Wieder Wiesen, Felder, Wald, ein Dorf, und dann kam die Schwarze Ente, und hier rief der Kutscher: „Hühott! Hier wird Halt gemacht, und morgen geht es in die Schweiz hinein, da sind alle Berge mit Zucker bestreut.“

„Stimmt nicht!“ rief Kasperle, der gerade auf dem Bock gesessen hatte, und kletterte wieder in den Wagen hinein und fragte drinnen Mister Stopps: „Ist das wahr?“

„Uas denn?“

„Daß in der Schweiz die Berge mit Zucker bestreut sind.“

Der steife Mister Stopps machte selten einen Scherz, und wenn er einmal einen machte, dann tat er es mit einem ganz ernsten Gesicht, und jeder dachte, es sei Ernst gewesen.

Darum glaubte es das arme dumme Kasperle ihm auch, als er sagte: „Nicht mit Zucker, aber alle Berge sind von Schlagsahne."

„Schlagsahne?" schrie Kasperle, denn das war seine Lieblingsspeise.

„Kann man die essen?"

„Gewiß," antwortete Florizel.

„Dann esse ich in der Schweiz immerzu Schlagsahne. Kann man sie auch nur so schlecken, ohne Löffel?"

Herr Stopps wollte antworten, wollte sagen: „Es war nur ein Späßlein," als der Kutscher rief: „Brrr, halt, hier ist die Schwarze Ente, hier ist gut sein."

Kasperle will Schlagsahne essen

Es ließ sich gut leben in der Schwarzen Ente. Kasperle dachte erst, er wäre im Wirtshaus zum Grünen Kranze, aber dann war es doch die Schwarze Ente. Schwarz war darin nichts, alles hell und sauber, das Essen gut, die Betten weich, im Gärtlein duftete und blühte es, und vom Walde her kam köstliche Luft.

Die schöne Angela, die schon so viele trübe Tage in ihrem jungen Leben gehabt hatte, dachte auch, es müsse sich gut wohnen in dem uralten gemütlichen Haus. Mister Stopps wollte auch bleiben, aber Florizel, Bob und Kasperle sagten, sie hätten eine schreckliche Sehnsucht, in das Schweizerland zu kommen. Die drei Schelme hatten aber ein gedrücktes Gewissen; sie dachten an Herrn von Löwenzahn, an Angelas Vormund und die Tante. Wenn die ihre Spur fanden, dann würde es schlimm werden. Darum nur schnell fort!

„Wenn wir erst weiter in der Schweiz sind, sind wir sicher," meinte Florizel.

Mister Stopps fand die Geschichte komisch, aber er gab nach, ließ anspannen und fuhr am nächsten Tage in das Schweizerland hinein.

Traratrara! Der Kutscher blies, Kasperle steckte seine große Nase zum Wagenfenster hinaus. Wo sind denn nun die großen Schlagsahneberge?

Ja, wo waren sie? Nebel verhüllte alles, und der Nebel wurde zum Regen. Da rauschte ein Wasserfall, und Florizel sagte, das wäre der Rheinfall von Schaffhausen, aber er war nur nicht zu sehen. Dann kamen sie nach Zürich, und es goß in Strömen. Den See sah Kasperle erst, als er drinnen lag, und am Fraumünster stieß er sich beinahe die Nase kaputt.

„Es wird schon aufhören," tröstete Florizel. Aber es hörte nicht auf. Man fuhr im Regen durch Luzern und überquerte den Brünigpaß. Es regnete lustig weiter. Bald flossen Wäscheleinen vom Himmel, bald regnete es Bindfaden: plitsch, platsch, es regnete, ohne an ein Aufhören zu denken.

Auf dem Brienzer See lag der Nebel wie ein Scheuerlappen, und als man in Interlaken war, konnte man meinen, man säße auf einer wüsten Insel. Alles grau rings herum. Dazu war es kalt, und Mister Stopps klapperte vor Frost. Kasperle klapperte flink mit, der tat es aber nur aus Übermut.

„Man muß heizen," rief Bob.

„Ja, Feuer," sagte Mister Stopps, und „Feuer, ach ja!" flüsterte die zarte Angela, die schon beinahe blau gefroren war.

„Und morgen wird schönes Wetter, die Wolken teilen sich," tröstete Florizel.

„Das sagste jeden Tag," brummte Kasperle unwirsch, „und ich sehe nichts von der Schlagsahne."

„Du kannst noch genug essen. Paß auf, morgen steht dir ein ganzer dicker Berg voll vor der Nase."

Da mußte auch Mister Stopps lachen, der warnte: „Iß nur nicht zu viel!"

Kasperle lugte abends zum Fenster hinaus. Es regnete zwar noch immer, aber in der Ferne sah er doch etwas Weißes schimmern. Vielleicht stimmte es mit dem Schlagsahneberg. Und dann träumte er die ganze Nacht davon, und früh, als er aufwachte, schien ihm wirklich die Sonne auf die Nase. Kasperle sprang auf und rannte an das Fenster, und da –

wahrhaftig, da saß ein großer, großer Schlagsahneberg mitten auf der Wiese, ganz nahe schien er, ganz nahe. Kasperle wußte noch nichts davon, daß die Ferne im Gebirge nahe scheinen kann. Er dachte: „Nu aber los! Zu dem Schlagsahneberg ist's nur ein Katzensprünglein." Und flugs fuhr das Kasperle in die Höschen. Auf einem Tisch im Wohnzimmer, durch das er leise schlich, sah er eine Schüssel stehen, die nahm er mit. Er dachte: „Jetzt hol' ich Schlagsahne zum Frühkaffee." Und auf und davon lief das Kasperle.

Im Gasthof schliefen noch alle, nur Florizel war auf, und ging draußen über die Wiesen und sang, sah aber kein Kasperle laufen. Das flitzte flink an ihm vorbei, hörte gar nicht auf sein Lied:

„Berge im Schnee,
Blaustrahlender See,
Enziane blühn
Auf Matten grün.
Schönes Land,
Schweizerland,
Sei mir gegrüßt!"

Da war das Kasperle vorbei, und kein Mensch hatte es gesehen. Kasperle lief wie der Wind. Weiter rückte der schneeweiße Berg, immer weiter.

Da lief ein Mann dem kleinen Kerl in die Quere, und den fragte Kasperle nach dem Weg.

„Wohin?"

„Dahin, Schlagsahne holen."

„Ah, so guet!" Der Mann verstand zwar nicht, was Kasperle meinte, aber er sah die Schüssel. Am Weg war eine Käserei, dahin mochte das Bübli laufen wollen! Er zeigte geradeaus, und Kasperle rannte geradeaus.

Lieber Himmel, wie weit war das bis zu dem Schlagsahneberg! Die Sonne brannte, dem Kasperle wurde es heiß, die Schüssel wurde ihm schwer. Er setzte sich am Wegrand nieder und tat einen kellertiefen Seufzer. Sollte er heimgehen?

I nein, damit Florizel und Bob ihn noch auslachten! Lieber nicht. Aber die Schlagsahne lockte auch. Also stand Kasperle wieder auf und ging weiter. Es ging jetzt bergauf. Ein Wald kam, dahinter schimmerte es weiß, also brauchte das dumme, dumme Kasperle sicher nur durch den Wald zu gehen, dann war es am Ziel. Nach zehn Schritten kam ein Berg, und Kasperle begann zu steigen, und wilder wurde der Wald, steiler der Weg, und auf einmal stand das Kasperle mutterseelenallein in einer tiefen, tiefen Einsamkeit, und über ihm kreiste ein riesiger Vogel. Es war ein Adler!

Kasperle erschrak. Er wußte, Adler entführen auch manchmal Kinder, warum nicht ein Kasperle?

Vor Schreck ließ es die Schüssel fallen und rannte heimwärts. Ja, heimwärts, wenn es nur den rechten Weg gewußt hätte. Kasperle überlegte: „Jetzt muß das Wirtshaus und der Ort, der Interlaken heißt, bald kommen," aber immer einsamer, immer stiller wurde es ringsum. Zuletzt gab es keinen Weg mehr, kein Mensch antwortete auf Kasperles Klagen und Rufen, nur über ihm zog der Adler seine Kreise.

Inzwischen war Mister Stopps aufgewacht. Er rief nach Bob und Kasperle. Bob kam, Kasperle nicht.

„So ein Faulpelz, der schläft noch! Na, ich werde ihn wecken," sagte Bob. Er ging an Kasperles Bett und rief: „Aufstehn, du kleiner Faulpelz!" Und dann nahm er die Decke weg, und – da lag kein Kasperle mehr im Bett.

Er wird unten bei Florizel sein, dachte Bob.

Just da kam Florizel ins Zimmer, seine Augen glänzten, auf seinen Lippen lag noch ein Lied, er trillerte:

„Angela, du allerschönste Maid,
Wach auf, wach auf, 's ist Sonnenzeit."

„Und Kasperle?“ fragte Bob.

„Ja, Kasperle liegt gewiß noch im Bett,“ antwortete Florizel.

„Das tut er eben nicht.“

„Dann ist er bei Angela.“

„Meinetwegen nenne du Angela Tom,“ rief Florizel und ging, um Angela zu fragen. Doch die wußte nichts von Kasperle, und niemand im Hause wußte etwas von ihm. Es hatte ihn nicht einmal jemand fortlaufen sehen.

„Mein Kasperle ist ausgerückt,“ schrie Mister Stopps.

„Nein, das ist er nicht. Ausreißen tut er nicht mehr, aber eine Dummheit hat er vielleicht gemacht. Man muß ihn suchen,“ meinte Florizel.

Alle liefen auf die Straße, selbst die schöne Angela, und gerade fand sie den Mann, der Kasperle hatte laufen sehen. Der Mann wußte gleich Bescheid, als Angela den Kleinen beschrieb. Der habe was holen wollen, was Komisches – Schlagsahne.

Der Mann lachte über das Wort, aber Angela lachte nicht. Sie ahnte plötzlich, wohin Kasperle gelaufen war. Der hatte den Scherz für Ernst genommen.

„Oh, du dummes, dummes Kasperle!“ Angela rannte zurück, und erzählte.

Mister Stopps, Florizel, Bob, alle drei riefen auch: „Ist Kasperle dumm!“ aber dann dachten sie doch, ja, dumm ist das Kasperle, aber fort ist es auch. Man muß es suchen gehen.

Sie gingen alle vier zusammen weg. Es wollte keins zurückbleiben. Erst dachten sie: „Na, wir finden es bald!“ Aber dann wurde es immer stiller und einsamer. Sie konnten rufen, soviel sie wollten, das Kasperle war nicht zu finden, und niemand hatte es gesehen. Die Sonne stand schon hoch, da kehrten die vier um, denn Mister Stopps sagte: „Vielleicht ist er inzwischen wiedergekommen. So weit wird er nicht sein.“

Aber Kasperle war nicht wiedergekommen.

Nun wuchs die Sorge. Florizel und Bob beschlossen, das Kasperle nochmals zu suchen, Angela mußte bei Mister Stopps bleiben. Ein wegkundiger Führer begleitete die beiden, und der Bauer, der Kasperle den Weg gewiesen hatte, ging auch mit.

Kaum waren die vier zum Ort hinaus, da fuhr, rissel-rassel, eine große Reisekutsche vor, und Angela sah zu ihrem Entsetzen darin ihren Vormund, die Tante und Herrn von Löwenzahn sitzen. Sie erwischte just noch einen Kellner am Jackenzipfel, und bat ihn, er möchte Mister Plumpudding nicht stören.

„Wer ist denn das?“

„Na, der Herr auf Nummer zehn, und ich bin sein Diener Tom.“

„Ich denke, Mister Plumpudding heißt Mister Stopps,“ stotterte der Kellner verdutzt.

„Aber Mister Stopps ist doch eben in die Berge gegangen, das Kasperle zu suchen,“ rief Angela. Sie zitterte dabei wie Espenlaub, und der Kellner fragte: „Warum zitterst du so?“

„Weil ich mich erkältet habe und mich ins Bett legen muß!“ Husch, weg war Angela. Der Kellner aber ging hinab, da fragte ihn Herr von Löwenzahn: „Ist Mister Stopps oben?“

„Nein, nur Mister Plumpudding. Mister Stopps sucht Kasperle.“

„Wo sucht er es denn?“

„Kasperle ist auf die Jungfrau geklettert.“ Das hatten die Reisenden noch nie gehört, daß man diesen Berg besteigen könne, und Herr von Löwenzahn rief gleich:

„Ich will auch hinauf.“

„Aber erst wollen wir uns ausruhen.“ Die Tante sah sich um. „Plumpudding? Den Namen habe ich noch nie gehört. Hat er Dienerschaft bei sich, vielleicht noch eine Nichte?“

„Oh, der hat nur Tom bei sich.“

„So? Und Bob? Mister Stopps Diener?"

„Bob ist mit auf die Jungfrau gestiegen!"

„Du siehst, Liebe," brummte der Onkel, „sie sind alle weg, wir können uns ausruhen." Da alle sehr müde waren, legten sie sich in ihre Betten und schliefen bis zum späten Nachmittag. Angela aber saß zitternd in ihrem Zimmer, bis sie endlich wagte, leise hinauszugehen. Da kam sie denn an den Weg, den Florizel und Bob gegangen waren, um das Kasperle zu suchen. Die mußten weit, weit wandern und fanden das Kasperle nirgends. Und wie sie so gingen, kamen sie an eine Almhütte. Ziegen und Kühe liefen draußen herum. Da die Sonne just untergehen wollte, glühten die weißen Schneeberge rosenrot, und Florizel setzte sich auf eine Bank vor der Hütte und sagte: „Hier muß ich einmal ausruhen. Das vermaledeite Kasperle!"

Grad in dem Augenblick kam eine Frau aus der Hütte, die lachte über das ganze Gesicht und rief immerzu: „Ich muß mich totlachen, totlachen!"

„Warum denn, gute Frau?"

„Ach," sagte die Frau, „mein Mann hat heute ein Bergwichtlein gefangen, just als es ein Adler davontragen wollte, das macht so ungeheure Späße."

„Das ist Kasperle," schrien Florizel und Bob. Und es war Kasperle, das saß in der Almhütte auf einem Butterfaß und kasperte den Hüttenleuten etwas vor.

„Oh Kasperle!"

„Florizel, Bob!"

Da lag das Kasperle samt Butterfaß auf dem Boden. Und nun erst merkte es, daß es angebunden war.

Die Sennen wollten es auch nicht leiden, daß Kasperle abgebunden würde. So ein Wichtlein brächte Glück, sie wollten es behalten, sagten sie.

Das gab ein Handeln. Vergebens erzählten der Bauer und der Führer, wer Kasperle war, die Sennen wollten es nicht freigeben. Und da es sechs waren, dachten Florizel und Bob schon, sie müßten wirklich ohne Kasperle abziehen. Da fing das auf einmal sein allerschaurigstes Räubergebrüll zu brüllen an, und schnitt dazu die fürchterlichsten Gesichter. Es sah aus wie ein Räuber, ein Teufele und wie die böse Köchin im Goldenen Knopf.

Die Almleute erschraken. Dazu drohte ihnen Kasperle noch mit grimmigster Miene, und die Frau sagte flink: „Nein, so einen Unhold wollen wir gewiß nicht in unserem Hüttli haben. Hinaus mit ihm! Hätte den nur der Adler geholt.“ Sie schnitt rasch den Strick durch, und hops saß Kasperle dem Florizel auf dem Rücken. Es drehte sich, als der rasch mit ihm zur Türe ging, flink noch einmal um und machte ein lustiges Schelmengesicht.

„Es soll bleiben! Ihr seht doch, es ist nicht böse.“

„Es soll bleiben,“ riefen alle, aber Bob und Florizel rannten mit ihrem Kasperle so schnell sie konnten, davon.

„Kasperle, du heilloser Wicht, gleich machst du dein schlimmstes Gesicht!“ keuchte Florizel, der an dem kleinen Kerl schon zu tragen hatte.

„Hach,“ schrie Kasperle und sah gleich wie die Prinzessin Gundolfine aus. Ein schlimmeres Gesicht konnte es nicht machen. Es war auch schlimm genug. Die Almleute purzelten vor Schreck fast den Berg wieder hinauf. Wehklagend rannten sie davon, und Kasperle lachte und lachte, bis Bob sagte: „Kasperle, sei still, dir platzt noch dein Bäuchlein.“

„Das kann's nicht,“ schrie Kasperle kläglich. „Es ist nichts drin.“ Florizel setzte den Kleinen ab, denn niemand verfolgte sie mehr. „Ich dachte, du bist von der vielen Schlagsahne satt,“ sagte der Spielmann neckend.

Aber da wurde Kasperle fuchsteufelswild. Es, wußte nun schon, daß die Sahne Schnee, ewiger Schnee war, und vor Wut und Herzeleid fing er jämmerlich zu heulen an. Er klagte dazu, seine Füße täten ihm arg weh, und Bob nahm ihn auf den Arm, tröstete ihn sacht und sagte: „Wenn wir zurückkommen, bekommst du Schlagsahne und darfst so lange schlafen, wie du willst.“

Es kam aber alles anders als Bob sagte und Kasperle hoffte. Als sie alle spät heimkamen, kauerte Angela in der Nähe des Wirtshauses und flüsterte zitternd: „Sie sind da!“

„Wer denn? Die Sennleute?“ kreischte Kasperle.

„Halt den Mund, Kasperle,“ sagte Florizel, „jetzt müssen wir es klug machen, damit der Vormund die arme Angela nicht erwischt.“

„Klug,“ sagte Kasperle, aber ihm rutschte sein Stimmlein aus, und es gellte laut durch das Haus: „Klug.“

„Himmel, mir war es gerade, als habe jemand geschrien,“ sagte die Tante, aber glücklicherweise hatte Bärbe nichts gehört, da schlief die Tante wieder ein, auch Herr von Löwenzahn schlief, und der Vormund schnarchte, sie hörten niemand und nichts.

Mister Stopps und der Stier

Mister Stopps hatte auch lange geschlafen, und als er erwachte, stand Bob vor seinem Bett und flüsterte: „Leise, leise, wir müssen rasch das Kasperle retten.“

„Oh,“ der gute Mister Stopps war gar flink dabei. Kasperle, was war mit seinem Kasperle geschehen? Er stand auf, Bob packte eins, zwei, drei, und Mister Stopps saß zu seiner eigenen Verwunderung plötzlich im Reisewagen. Dabei hatte er vier Wochen in Interlaken bleiben wollen. Aber kaum saß er drin, da fiel ihm etwas um den Hals. Das Kasperle war es, das dumme, kleine, unnütze Kasperle.

„Oh Kahs – pärle, uo uarst du?“

Da erzählte Kasperle, und dabei rollte der Wagen weiter und weiter. Einmal hielt er eine halbe Minute, Mister Stopps merkte es kaum, er hörte immer nur sein Kasperle erzählen: von dem langen, langen Weg, und dem Adler, den Sennen, und daß die Berge gar nicht aus Schlagsahne wären.

„Armes Kahs – pärle, ich uerde nie mehr machen Spaß.“

„Doch," rief Kasperle, „Spaß ist fein. Wir haben auch Spaß gemacht."

„Uas denn für Spaß?"

„Na, wir rissen doch aus."

„Aus – reißen? Uarum?"

Und da erzählte Kasperle von Angelas Vormund, Tante Mitta, Herrn von Löwenzahn, die alle miteinander in Interlaken angekommen waren. Darum die schnelle Abreise mitten in der Nacht.

Erst wollte Mister Stopps bitterböse werden, doch das Kasperle bat und flehte. Ja, als Mister Stopps immer weiter schalt, fing Kasperle bitterlich zu weinen an.

Es klagte und schluchzte, und Mister Stopps merkte wieder einmal, es war ein gar zu schweres Ding, einem Kasperle böse zu sein. Darum rief er endlich: „Ich sein uieder gut," und weg waren die Tränen, wie weggeblasen. Kasperle lachte und lachte, umarmte Mister Stopps, und der steife Herr fing schließlich auch an zu lachen. Das war eine vergnügliche Fahrt. Hell die Nacht, und lind die Luft. Bergbäche rauschten. Hoch ragten die weißen Schneeriesen empor, Sterne am Himmel und friedsame Stille ringsum. Florizel spielte und sang, und als es hell wurde, hielten sie vor einem Wirtshaus, ein blaues Rauchwölkchen stieg aus dem Schornstein zum Morgenhimmel empor, und Kasperle jauchzte: „Frühstück!"

Es gab Frühstück. Die Gäste ruhten sich aus, und weiter ging die Fahrt. Ein See blaute neben der Straße, und Florizel erzählte Kasperle, dies wäre der Vierwaldstättersee. Er erzählte von Tell und dem bösen Landvogt Geßler, aber dem Kasperle war der Tell ganz gleichgültig, er dachte nur an die nahe Mittagsrast.

Mittagsrast, Mittagessen, Ausruhezeit, – Kasperle schlief wie ein Rätzlein. Mister Stopps schlief, und der schlief auf der grünen Matte noch sanfter als das Kasperle. Dieses hörte auf einmal ein dumpfes Brüllen und sah plötzlich einen wilden Stier auf sich zukommen. Einen Augenblick dachte das Kasperle daran, auszureißen, aber da sah es Mister Stopps, und flink rüttelte es ihn, er möchte aufwachen. Mister Stopps wachte auch auf, sah den Stier auf sich zukommen und fing ein furchtbares Gebrüll an.

„Ausreißen!“ schrie Kasperle.

Aber Mister Stopps war viel zu verdattert, um auszureißen, er brüllte nur. Aus dem Wirtshaus, aus den nahen Bauernhöfen kamen Leute angerannt. Alle schrien, schwenkten Heugabeln, aber so recht wagte sich keiner an den wütenden Stier heran. Es sah aus, als würde der den Mister Stopps aufspießen, denn er lief gerade auf ihn zu, und Mister Stopps saß im Grase und brüllte. Ja, wenn das Kasperle nicht gewesen wäre!

Kasperle dachte: „Ich purzelbaume ihm auf den Rücken, da wird er schön erschrecken!“ Und bums, saß das Kasperle dem Stier auch auf dem Rücken und brüllte dazu, wie nur ein Kasperle brüllen kann. Der Stier blieb erschrocken stehen. Das brüllende Ding auf seinem Rücken war ihm doch unheimlich. Dazu stach ihn Kasperle noch mit einem Stock, den er in der Hand hatte, und der Stier wußte wirklich nicht, was er von der ganzen Geschichte denken sollte. Das Nachdenken wird so einem Stier ohnehin schwer. Ehe er jedoch damit fertig war, hatten ihm die Bauern eine Kette übergeworfen – er war gefangen. Da purzelbaumte Kasperle geschwind vom Stierrücken herab gerade Mister Stopps auf den Bauch. Der Herr lag nämlich lang ausgestreckt mitten auf der Wiese. „Oh!“ rief Mister Stopps.

„Aaah!“ rief Kasperle, und dann lachte Kasperle, und Mister Stopps weinte und nannte Kasperle seinen Lebensretter.

Das sagten Florizel und Bob und die Dorfleute auch, und Angela weinte, und ein paar Mägde lachten über den großen Buben, der gleich heulte.

„’s ist gar kein Büebli, ’s ist ein Maideli,“ meinte eine. „Die Zöpfe stecken ja unter dem Käppeli.“

An diesem Abend reiste die Gesellschaft nicht weiter. Mister Stopps mußte sich ins Bett legen. Der Schreck und Kasperles Purzelbaum auf seinen Bauch, das war zu viel gewesen. Er wurde krank. Bob brachte ihm heißen Tee, und Kasperle bot ihm an, er wolle ihm etwas vorkaspern, aber

Mister Stopps rief erschrocken: „Nein, nein!“ Er dachte, nun purzelbaumt er mir wieder auf den Bauch. Danke schön! Da lief Kasperle hinaus, fand Florizel, der unter einem dicken Nußbaum vor dem Hause saß und sang:

„Möcht’ einer gern ein Maidli frei’n,
Nennt aber auf der Welt nichts sein
Als Himmel, Luft und Sonnenschein,
Wird dies genug dem Maidli sein?“

„Wer ist denn das?“ fragte Kasperle verdutzt.

Aber da kam schon ein feines Singen vom Hause her, und Florizel und Kasperle hörten die Worte und leises Lachen dazu:

„Fehlt einem auch der Sack voll Geld,
Wer für die Schönheit dieser Welt
Hält beide Augen offen,
Der darf aufs Glück wohl hoffen.“

„Tralala,“ jauchzte Florizel, Kasperle aber warf die Beine in die Luft, saß wieder einmal auf der Erde, statt auf dem Bänklein und schrie: „Heiho, das bin ich! Wer ist aber die Maid?“

Florizel lachte, strich über die Saiten und sang:

„Der Kasper ist ein Dummerlein,
Sonst wüßt’ er, wen ich mein’,
Die schöne Maid heißt Angela,
Lallallala, lallallala,
Und reist sie durch das Land,
Wird sie der Tom genannt.“

„Fein!“ schrie Kasperle. Vom Hause her klang Lachen und dann wieder Singen:

„Morgen ist die Angela
Nimmer da, nimmer da,
Nur den Tom mit Locken braun
Könnt ihr morgen wieder schaun.“

„Reißt sie aus?“ fragte Kasperle erschrocken.

„Ich denke nicht,“ gab Florizel zur Antwort. „Aber nun geh ins Bett, kleines Kasperlein.“

Aber das kleine Kasperlein saß da und sah ganz tiefbetrübt aus. Da fragte ihn der Spielmann: „Was fehlt dir? Was hast du denn?“

„Nichts!“ stöhnte Kasperle. „Ich mag sie nur nicht heiraten.“

„Wen denn, Kasperle?“

„Na, die Angela. Wenn ich heirate, muß es Marlenchen sein.“

„O du Dummkopf, du brauchst sie doch nicht zu heiraten.“

„Aber du hast es doch gesungen.“

„Ich meine eine andere.“ Und Florizel flüsterte dem Kasperle ein Wörtchen zu. Da lachte der vergnügt und rannte flugs ins Haus. Er hätte sich am liebsten mit Höslein, Strümpfen und Schuhen in das Bett gelegt, aber das erlaubte Bob nicht, und das müde Kasperle mußte sich ausziehen lassen. Zuletzt schlief es darüber ein und schlief bis zum hellen Morgen. Siehe, da kam Angela, die nun wirklich Tom war, mit braunen Locken daher. Die Zöpfe hatte sie sich abgeschnitten und die Haare mit Nußblättern gefärbt. „Nun erkennt dich niemand,“ sagte Florizel, er war aber doch über das Weiterreisen froh. Mittags ging die Fahrt weiter.

Wohin?

Mister Stopps wußte es selbst nicht. Er ließ den Wagen fahren, wie der Kutscher wollte, und der dachte: „Immer im Tal zu bleiben, ist nicht gut. Meine Pferde können auch einmal bergauf fahren.“

Es kamen schöne Wälder, wundervolle Wiesen, auf denen die herrlichsten Blumen blühten. Bäche rauschten, und Wasserfälle stürzten von den Bergen herab. Auf einmal standen die Reisenden oben und sahen den Wildbach ins Tal brausen.

„Fein!“ sagte Kasperle.

„Geh nicht zu nah heran,“ mahnte Mister Stopps. Aber da lag Kasperle schon im Bach und sauste talabwärts.

Heidi, hopsasa! Das ging schnell. Mister Stopps wäre vor Schreck dem kleinen Unnütz beinahe nachgesprungen, doch Bob und Florizel hielten ihn fest.

„Kahs – pärle, mein Kahs – pärle!“ jammerte Mister Stopps.

Aber von Kasperle war nichts mehr zu erblicken, der war in einem dunklen Felsenloch verschwunden. Weg war er.

„Der wird wohl tot sein,“ meinte der Kutscher.

„Tot? Mein Kasperle ist tot?“ Mister Stopps rang die Hände. „Und zuei Millionen haben er gekostet.“

Ja, es war schon schlimm!

„Wir fahren abwärts, dorthin, wo der Bach in ein Wiesental einmündet.“

„Schnell, schnell,“ schrie Mister Stopps.

Aber so schnell ging das nicht. Der Fahrweg machte einen weiten Bogen, Kasperle aber kam viel schneller unten an.

Kasperle erlebt zu viel

An diesem Tag waren in das schöne, stille Tal, in das der Bach herniederrauschte, Gäste gekommen, etwas Seltenes in dem einsamen Tal. Doch die Gäste sagten: „Wir suchen jemand, und wenn sich jemand versteckt, dann tut er es sicher in einem einsamen Tal.“

Am Nachmittag gingen die Gäste spazieren, und wenn Angela sie gesehen hätte, dann hätte sie sicher den Oheim, die Tante und Herrn von Löwenzahn in ihnen erkannt.

„Dort kommt ein schöner Wasserfall vom Berge," sagte die Tante. „Ach, ich liebe Wasserfälle so sehr!"

Die drei gingen an den Fall. Eine weiße Schaumwoge war es, und wie die drei so standen, brachte die Schaumwoge auf einmal etwas Dunkles mit. Burzel! Bums! Auf und nieder hopste das dunkle Ding, und die Tante schrie plötzlich: „Es ist ein Junge, aber er ist sicher tot."

Gisch, brauste der Bach, und da lag der Junge auf einmal am Ufer, er rappelte und regte sich nicht.

„Das ist kein Junge, das ist – ein – Kasperle," schrie Herr von Löwenzahn.

Und das war nach all dem Gerausche und Gebrause das erste, was Kasperle wieder hörte. Die Stimme kam ihm unangenehm bekannt vor, und erschrocken hielt er die Augen noch geschlossen.

„Das ist das Kasperle von Mister Stopps," sagte Herr von Löwenzahn, „ich erkenne den Frechling. Wo der ist, werden auch Florizel und Angela in der Nähe sein. Wenn er wieder lebendig ist –"

„Aber wie kann er lebendig werden, wenn er doch tot ist?" rief die Tante.

Sie ahnte nicht, was ein rechtes, echtes Kasperle aushalten kann. Übel war es dem freilich, und er dachte: „Wenn sie doch weggingen, es wird mir sonst noch ganz schlimm."

„Ich werde jemand holen, der den Kerl ins Dorf schafft," erklärte Herr von Löwenzahn.

„Ich gehe mit," rief die Tante, die sich vor dem toten Kasperle graulte.

„Na, glaubt ihr, ich bliebe bei dem Popanz?" brummte der Vormund.

„Aber wenn er ausreißt!"

„So flink kann er nicht lebendig werden, und da kommt der alte Kutscher, der kann aufpassen."

Martin kam daher. Der war richtig mitgefahren, und wie er das Kasperle sah, wurde ihm himmelangst. Er sagte aber kein Wörtlein, sondern seufzte nur tief, und die Tante fragte boshaft: „Er grault sich wohl?"

„Ih nä, nur 'n Bißchen," murmelte der Alte schlau, „ich bleibe hier und halte Wache."

„Das ist gut, da ist Er doch zu etwas nütze."

Kaum waren die drei gegangen, schlug Kasperle die Äuglein auf und klagte wehleidig: „Wenn die mich fangen, wird's schlimm!"

„Alle guten Geister, du bist ja nicht tot!"

„Nä," stöhnte Kasperle, „ich hab' mir nur sechs Beine und hundert Rippen und sonst etwas gebrochen, und wenn Mister Stopps kommt, und – und –"

„Fräulein Angela, mein Herzenskind," schrie der Alte. „Ist sie bei euch?"

„Schrei doch nicht so laut!" flüsterte Kasperle. „Eine Angela gibt's nicht mehr, nur einen Tom, und der hat braune Haare, er sagt aber, das wäre von Nußblättern."

„Ach so!" lachte der Alte. „Jetzt sind sie braun, die schönen Haare, Kasperle," sagte er. „Jetzt weißt was, du hockst auf meinen Rücken, und wir suchen Mister Stopps und Tom mit den braunen Locken."

„Und Florizel und Bob. Hach, da müssen wir aber den schrecklichen Wildbach hinaufklettern, die stehen ja oben."

„Aber Kasperle, die werden doch jetzt nicht mehr oben stehen. Haben sie einen Wagen?"

„Freilich!"

„Na, dann kommen sie den Fahrweg entlang."

„Aber," der alte Martin blieb plötzlich stehen, „ich muß doch nachher wieder zurück."

„Ach nein," bettelte Kasperle, „du kommst mit zu Mister Stopps."

„Der wird mich doch nicht zu sich aufnehmen."

„Doch," rief Kasperle, „Florizel hat er auch eingeladen und Angela, und – und – er freut sich."

„Wenn er sich freut, kann ich freilich mitgehen," dachte der alte Martin und wanderte, so schnell er konnte, bergan. Doch das Kasperle hatte gar kein so sehr leichtes Herz. Er dachte freilich: „Ach, wenn mich Mister Stopps wiedersieht, freut er sich gewiß, aber ob er dann Martin aufnimmt, ist ungewiß."

Der Alte keuchte. Das Kasperle hatte schon sein Gewichtlein, und aus dem Tal klangen Stimmen herauf.

„Himmel, wenn sie uns sehen und –" da kam ein Wagen angerasselt, und Kasperle rief laut: „Mister Stopps!"

Der war es wirklich, und in seiner Freude, das Kasperle wieder zu haben, merkte er gar nicht, daß Florizel und Angela mit Bob und Martin leise flüsterten. Man hörte immer lauteres Rufen im Tal, und der alte Martin erschrak furchtbar, als die Berge das Echo wiedergaben und sein Name vielfach ertönte.

„Potztausend," stöhnte er, „sie kommen uns nach." Er wandte sich hin und her, und auf einmal waren Florizel und Angela verschwunden, und Bob sagte: „Wir tun am besten daran, hier zu warten, und Martin sagt, daß er nur Mister Stopps, Kasperle und mich gefunden hat und wir sagen, wir hätten Kasperle suchen wollen."

„Aber –," stotterte der alte Kutscher.

„Geh' Er nur, Kamerad," rief Mister Stopps' Kutscher, „ich versichere, ich habe niemand mehr und niemand weniger gefahren als diese Leute hier." Da rannte Martin ganz verdattert dem Oheim, der Tante und Herrn von Löwenzahn entgegen und stammelte und stotterte eine sonderbare Geschichte heraus. Die Tante schrie: „Da ist Angela dabei und dieser schreckliche Florizel."

„Die sind bestimmt nicht da," brummte Martin.

Und sie waren auch nicht da! Mister Stopps hatte zu seinem grenzenlosen Erstaunen nun auch das Verschwinden von Florizel und Tom bemerkt, und Kasperle rief erstaunt: „Die sind gewiß auch in den Bach gefallen."

Wie er das gerade sagte, kam der Herr von Löwenzahn und rief immerzu: „Angela."

„Uen uollen Sie?"

„Angela und diesen schrecklichen Florizel, ich will ihn erstechen," schrie Herr von Löwenzahn grob.

„Das sein nicht nett von Sie, aber einstweilen ist er mit Tom in den Bach gefallen."

„In den Bach?"

„Ja, uie Kahs – pärle!" Der gute Mister Stopps meinte, Kasperle müßte sich doch darin gut auskennen. Er sagte es darum so ernsthaft und würdig, daß auch Herr von Löwenzahn daran glaubte. Erst fragte er aber noch den alten Kutscher: „Sahst du sie wirklich nicht?"

„Nä," antwortete der Martin, blieb aber zurück, er rannte nicht mit an den Bach, und Kasperle bettelte: „Gelt, Mister Stopps, den nimmste mit?"

„Uen?"

„Nu, den Martin!"

„Uo ist er?"

„Na, auf dem Bock sitzt er, weil er doch ein Kutscher ist."

„Kutscher, freilich, oh freilich, mein Kasperle, einen Kutscher muß ich schon haben. Uir uollen zurückfahren."

Mister Stopps war es sehr gleichgültig, ob der Kutscher Martin oder Wilhelm hieß, er dachte, Kutscher ist Kutscher. Und erst als sie schon eine ganze Strecke wieder bergan gefahren waren, sagte er auf einmal: „Merkwürdig! Sage, Kahs – pärle, sitzen da nicht zuei Kutscher auf dem Bock?"

„Ja freilich," rief Kasperle, „aber Mister Stopps, du hast es doch erlaubt, daß Martin mitfährt."

„Ach so, Martin ist nicht Wilhelm. Komisch, sehr komisch!"

Und dann sann Mister Stopps nach, und plötzlich rief er erschrocken: „Aber uenn sie in den Bach gefallen sind, können sie doch tot sein!"

„Nä," rief Kasperle, „ich bin doch auch nicht tot, und dann sind se ja auch gar nicht in den Bach gefallen."

„Aber Kasperle, du hast wieder gelugen."

„Nä, ich lugte nicht, Mister Stopps, ich dachte nur."

„Ach so, du hast verkehrt gedacht!"

Kasperle nickte stolz. „Aber nun rate mal, Mister Stopps, wo sie sind!"

„Ausgerissen."

„Kahs – pärle, du mußt nicht immer lugen."

„Ich luge nicht," schrie Kasperle empört, „hör' doch mal!" Und da hörte Mister Stopps Florizels Stimme hell ertönen:

„Wir fahren über Berg und Tal
Und liegen nicht im Wasserfall,
Trallallalla.

Einer nur hat drin gelegen,
Kasperl heißt er allerwegen,
Trallallalla.

Wo wir sind? Ei, ratet nur,
Man sieht von uns doch keine Spur,
Trallallalla."

„Höchst merkuürdig," sagte Mister Stopps, und dann rief er: „Halten!" ging um den Wagen herum, sah hinauf, sah unter die Räder, sah aber niemand. „Ich höre sie aber lachen," brummte er.

Da erhoben sich oben auf dem Verdeck zwei, die steif und eng zwischen den Koffern gelegen hatten. Es waren Florizel und Angela, und Kasperle schrie: „Da sind se, da sind se!"

Dabei konnte es wirklich jeder sehen, daß sie da waren.

Mister Stopps schüttelte sehr nachdenklich seinen Kopf, und dann sagte er, man müsse es Herrn von Löwenzahn, dem Oheim und der Tante sagen, daß die beiden nicht in den Wildbach gefallen wären.

Aber da schrie Kasperle: „Er wird ihn totstechen."

Florizel lachte freilich über die Drohung des kleinen, dicken Herrn von Löwenzahn, aber Mister Stopps erschrak gewaltig. Er kletterte fix in den Wagen hinein und schrie: „Ueiter fahren, ueiter fahren! Schnell, schnell!"

Ja, schnell geht es nun nicht bergan. Die Pferde gingen nur langsam, der Wagen ächzte und krachte, Angela, Florizel, Bob und Martin gingen zu Fuß, und Wilhelm rief: „Kasperle, du kannst auch zu Fuß gehen, dann wird es noch leichter."

„Ja," schrie Kasperle, „ich purzelbaume."

Mister Stopps wollte gerade rufen, dies sollte er nicht tun, da purzelbaumte Kasperle schon los, eine kleine Anhöhe hinauf.

„Kahs – pärle, Kahs – pärle!" schrie Mister Stopps erschrocken.

„Es geschieht ihm nichts," riefen Bob und Florizel. Sie rannten aber doch dem Wildfang nach, sahen ihn noch purzelbaumen, kamen auf die Anhöhe, da lag friedlich, dicht am Abhang, eine Sennhütte. Kühe weideten, alles war still und friedsam, aber von Kasperle war keine Spur zu sehen.

Ja, wo war denn der? Eben war er doch noch da. Wenn er in die Hütte gelaufen wäre, hätten sie doch einen Zipfel von ihm sehen müssen, auch war, als die beiden herankamen, die Tür von innen verschlossen. Mister Stopps und Angela kamen nun auch herauf, der alte Martin rannte herzu, und just in dem Augenblick kam eine Sennerin aus der Hütte. Die sah ganz verstört aus und jammerte, der Teufel säße im Käsebottich.

„Der Teufel, wo ist er denn hergekommen?"

„Durch den Schornstein," stöhnte die Frau in heller Verzweiflung. „Ach, du heiliger Himmel, der Schreck ist mir in alle Glieder gefahren."

„Das ist Kasperle," riefen alle auf einmal und rannten in die Hütte. Und es war wirklich Kasperle. Der saß in einem Kessel voll dicker Sahne, die just anfing warm zu werden. Bei seinem Purzelbaumschießen war das Kasperle in den Schornstein des dicht an dem Bergabhang liegenden Häuschens geraten, und nun saß er in dem dicken Sahnbrei, aus dem er nicht herauskonnte.

Er heulte jämmerlich, der kleine Unnütz, und die Sennerin, die nachkam, sagte: „Man könnt's kaum glauben, daß es ein Teufeli ist, das da drin sitzt."

„Ist es auch nicht, es ist ein Kasperle!"

Von so einem Ding hatte die Sennerin noch nie etwas gehört, und Florizel und Bob erklärten es ihr, während sie Kasperle aus dem Käsekessel holten. Aber lustig, ein kleiner Irrwisch, wie sie sagten, war jetzt das Kasperle wirklich nicht. Er hatte sich heute doch zu viel herumgeschlagen: ein Wasserfall und ein Käsekessel an einem Tage sind keine Kleinigkeit. Dem armen Schelm war es sehr übel zumute. Bob nahm ihn, wusch ihn, zog ihm ein blauseidenes Röcklein an, aber alles machte Kasperle keinen Spaß. Er jammerte, er möchte schlafen, und Mister Stopps jammerte: „Er stirbst!"

„Nä, ich stirbse nicht, aber ich hab' das Reisen satt!"

„Ich auch," rief Mister Stopps. „Uir gehen in meine Haus."

„Nach England?" fragte Bob erstaunt.

„Oh no, nach Lugano!"

„Wo liegt denn das?" Kasperles Äuglein glitzerten schon etwas.

„An einem See!"

„Kann man da reinfallen?"

„Ja, wenn man ein kleiner Dummkopf ist wie du, schon," sagte Florizel.

„Heido! dann fall ich nicht rein, ich bin ein Gescheitle," rief Kasperle stolz. Und auf einmal machte er ein blitzdummes Gesicht, weil er zeigen wollte, wie gescheit er sei.

„Hahahaha!“ Die Sennerin, die sich ganz scheu in eine Ecke gesetzt hatte, lachte plötzlich aus vollem Halse. Sie lachte und lachte, und je mehr sie lachte, desto pudelnärrischere Gesichter schnitt das Kasperle.

Da sah das Grittli, so hieß die Frau, doch, was für ein Ding ein Kasperle ist, und es ging ihr wie vielen andern: sie hätte das Kasperle am liebsten behalten. Doch Bob trug es in den Wagen und legte es sorgsam hin, und der kleine Schelm schlief flink ein. Nicht einmal eßlustig war er. Mister Stopps, Angela, Florizel und Bob setzten sich auf eine schöne Bergwiese und schmausten. Martin und Wilhelm saßen auf dem Bock, schmausten auch und erzählten von ihren Fahrten im Land herum.

So sehr schwatzten sie, daß sie gar nicht merkten, wie jemand leise, leise den Wagen aufmachte und das Kasperle herausholte. Grittli schleppte das schlafende Kasperle flink in ihren Hühnerstall, dachte, dort suche es niemand, und dann legte sie ein dickes Strohbündel in den Wagen. Es merkte wirklich niemand, daß Kasperle nicht unter der Decke lag. Mister Stopps stieg ein. Bob, Angela und Florizel setzten sich hinten auf den Rücksitz. Wie die Heringe saßen sie, aber singen konnte Florizel doch noch, und der spielte und sang dazu, als sich der Wagen in Bewegung setzte.

„O blauer See, o schöner See,
Wie freu' ich mich, wenn ich dich seh,
Im Herzen –“

„Kikerikih, gagagah, gagagah,“ ging es da in Frau Grittlis Hühnerstall los, und dazwischen ertönte ein schreckliches Gebrüll.

Frau Grittli wußte nichts davon, wie sehr ein Kasperle schreien konnte, und wie sehr es Hühner zu erschrecken vermochte. Der Hahn krähte sich bald den Hals entzwei, die Hühner gackerten, als hätte jedes zehn Eier auf einmal gelegt, und als Florizel die Türe aufriß, da purzelten Kasperle, Hahn und Hühner, alles mit einem Mal heraus, auch ein ganzer Korb voll Eier kam ins Wanken. Frau Grittli schrie, aber da begann Bob sie auszuschelten, aber ordentlich, es war ein richtiges Hagelwetter, und Frau

Grittli verkroch sich zuletzt vor Angst in ihre Hütte. Sie dachte: „In meinem Leben stehle ich kein Kasperle mehr!"

„Oh mein armes Kahs – pärle!" klagte Mister Stopps. „Uünsch dir uas zum Trost!"

Kasperle wollte gerade seinen Mund auftun und schreien: „Eine große, große Zuckertüte," als Bob ihm ein Stößlein gab: „Überlege es dir! Wünschen darf man nicht so schnell!" Da schloß Kasperle seinen Mund, denn es sah Bob an, der wußte etwas. Was es wohl sein mochte? Kasperle dachte darüber nach, und dann war es auf einmal eingeschlafen, es wußte nicht wie. Es war wirklich zu viel, selbst für ein Kasperle, Wasserfall, Käsekessel, Hühnerstall. Sie sahen es alle, das Kasperle mußte schlafen.

Am schönen, blauen See

Kasperle schlief lange. Es sah nichts von der schönen Welt, es hörte nicht Florizel singen und Mister Stopps schnarchen. Es schlief und schlief, und als es aufwachte, war es heller, lichter Morgen, und es lag in einem großen weichen Bett. Florizel saß neben ihm, Bob packte einen Koffer ein, und Kasperle fragte: „Sind wir in Mister Stopps' Haus?"

„Noch nicht. Wir sind in Amsteg und fahren jetzt die Gotthardstraße entlang."

„Und dann?"

„Weiter über den Paß."

„Und dann?"

„Wieder hinab."

„Und dann?"

„Nach Lugano."

„Und dann?"

„Dann fällst du in den See, du Gescheitle. Und nun steh auf, wir fahren gleich fort."

Doch Kasperle stand nicht auf, sondern schrie: „Frühstück!“ Und als es gefrühstückt hatte, rief es: „Nun wünsch ich mir was!“

„Noch nicht, noch nicht,“ mahnte Bob.

Da trat Mister Stopps in das Zimmer, der war sehr herzlich gegen Kasperle und fragte: „Uünschst du dir nun uas?“

„Nä,“ sagte Kasperle, „ne Zuckertüte möcht’ ich, aber das ist kein Wunsch. Gelt, Mister Stopps, den hab’ ich noch frei?“

Da sagte Mister Stopps, ja, den hätte es noch frei, und eine Zuckertüte wäre auch kein Wunsch. Aber bekommen sollte Kasperle trotzdem eine.

Oh, Mister Stopps, das war nicht klug!

Kasperle erklärte an diesem Tage so oft, es habe noch keinen Wunsch, nur was zu schlecken möchte es, daß Mister Stopps zuletzt sagte: „Dir uird es noch schlimm gehen, und uenn du das noch einmal sagst, dann ist es doch ein Uunsch.“

Bob winkte und zwinkerte mit den Augen, und Kasperle schwieg seitdem ganz still. Es war aber ein Schelm, seufzte ein paarmal und klagte: „Mir wird schlecht!“

Und dann schlug Mister Stopps allemal allerlei Mittel vor, und immer klagte Kasperle: „Davon wird mir’s noch schlechter!“ bis Mister Stopps „Zuckerkand“ sagte, und davon wurde das kleine Schleckermaul, merkwürdig genug, gleich gesund.

Sonst ging die Reise ohne Unfall weiter. Einmal warf Kasperle die Kaffekanne um, gerade Mister Stopps ins Bett, einmal setzte es sich in den Pudding, einmal fiel es aus dem Fenster einer Geiß auf den Rücken, aber das waren eben alles richtige Kasperle-Stücke, und außer Mister Stopps, der Wirtin und der armen Geiß regte sich niemand darüber auf.

Die Fahrt ging über das Gebirge. Immer höher und höher wuchsen die Berge empor, immer kälter wurde es. Kasperle wagte kaum noch seine Nase hinauszustrecken, so sehr fror es. Doch dann senkte sich der Weg, blauer wurde der Himmel, wärmer schien die Sonne, Frühlingsblumen blühten, dann Sommerblumen, und an einem Nachmittag fuhren die Reisenden in ein Städtchen hinein, in dem alle Gäßlein bergan und bergab liefen.

Rumpelpumpel ging es eine holprige Straße entlang, und Kasperle schrie auf einmal: „Da liegt Seide, nein, da liegt der Himmel unten." Es war aber weder himmelblaue Seide, noch der Himmel selbst, den Kasperle sah, es war der schöne, blaue See von Lugano. Der Wagen rollte an ihm entlang, und Kasperle beugte sich weit, weit hinaus.

„Gescheitle, falle nicht," mahnte Florizel, der oben auf dem Wagen saß, doch platsch, da lag das Kasperle schon im See. Der war nun aber nicht wie der wilde Wasserfall, er trug das Kasperle nicht gleich himmelweit fort. Im sonnenwarmen Wasser lag das Kasperle, und als Mister Stopps angstvoll rief: „Es wird ertrinken!" da steckte Kasperle seine Nase weit hinaus und rief vergnügt: „Nä, hier ist's fein, ich bleib' liegen."

Doch eins, zwei, drei kam Bob an, und Kasperle saß dann naß wie ein Fröschlein wieder im Wagen. Der fuhr in eine Seitenstraße ein, und da lag auf einer Anhöhe ein schönes, weißes Säulenhaus, ganz von Rosen umrankt waren die Säulen.

„Fein!" rief Kasperle. „Da werden wir wohnen?" Mister Stopps nickte. „Das sein mein Haus, und da steht Angela!"

„Angela sitzt auf dem Wagen," schrie Kasperle.

„Oh nein, sie stehen da."

„Wo?"

„Da!"

Himmel, die häßliche Frau sollte Angela sein? „Sie ist es nicht!" schrie Kasperle, „ich seh' sie doch sitzen!"

„Aber Kasperle, Dummköpfle," rief Florizel, „es gibt eben zwei Angelas."

„Kann's auch zwei Marlenchen geben?" fragte Kasperle.

„Freilich!"

„Nä, ist nicht wahr, Marlenchens gibt's nur eins." Kasperle wurde ganz zornig und ging mit einem so bösen Gesicht in das Haus hinein, daß die alte Angela vor Entsetzen laut schrie. „So einen Diavolo hat der Herr mitgebracht?" rief sie klagend. Da blickte Kasperle sie an und sah, wie gut und freundlich die alte Angela aussah, wenn sie auch häßlich war. So lieb wie Frau Annettchen oder die alte Apfelfrau.

„Heißt du wirklich Angela?"

„Schon, schon," antwortete die Alte, der das Kasperle auch gefiel, und die sich gar nicht mehr ängstigte. „Du kannst aber auch Nonna sagen."

„Was heißt das?"

„Großmutter!"

„Dann," rief Kasperle, „dann sag' ich Großmutter!" und von dem Augenblicke an war zwischen ihm und Angela die Freundschaft geschlossen.

Es war schön in Mister Stopps Hause, so schön, daß Kasperle gleich am ersten Tage sagte: „Hier will ich bleiben."

„Ist das dein Geuunschen?"

„Nä, das möchte ich nur. Morgen wünsch' ich mir aber etwas, Mister Stopps, das mußt du mir geben."

„Ja," versprach Mister Stopps. „Bin neugierig, was es ist."

Sie schliefen alle gut in dem schönen Hause. Florizel sang schon in der Morgenfrühe von dem Land Italia, dem sie so nahe waren. Bob aber ging mit Kasperle in den Garten und erzählte ihm etwas. Er fragte zehnmal: „Hast du es auch verstanden, Kasperle?"

„Nä," rief Kasperle, „du mußt's nochmal sagen." Und Bob erklärte Kasperle noch dreimal den Wunsch, den Kasperle Mister Stopps sagen sollte. Und dann rannte Kasperle in das Haus zurück und schrie: „Ich sag's jetzt gleich!"

Ist auch besser, dachte Bob, es bringt doch sonst alles durcheinander. Kasperle lief im Haus herum, Mister Stopps war aber nicht da. Die Alte und die junge Angela, denn aus Tom war nun wieder eine Angela geworden, standen in der Küche und sagten, Mister Stopps säße am See. Da rannte Kasperle an den See und fand Mister Stopps, der ernst und feierlich dasaß und angelte. „Uas willst du, Kahs – pärle?“ fragte er.

„Ich wünsche mir was, Mister Stopps.“

„Uas denn?“

„Geld!“

„Geld?“ rief Mister Stopps erstaunt. Da aber seine Börse neben ihm lag, und er dachte, das naschlustige Kasperle wollte sich etwas zu schlecken kaufen, sagte er: „Da, nimm, ueil ich es einmal versprochen habe.“ Und Kasperle nahm ein kleines Geldstück, nicht mehr als ein Gröschlein war es wert, und rannte damit zu Bob. „Da,“ rief er, „nun habe ich gewünscht, und nun können Florizel und Angela nach Rom zu ihrer Großmutter fahren.“

„Aber Kasperle, du Schafsköpfle,“ rief Bob enttäuscht, „das ist viel, viel zu wenig. Viel mehr muß es sein.“

Und Kasperle rannte zurück und rief: „Mister Stopps, ich habe mir doch Geld gewünscht, nun langt es nicht.“

Mister Stopps, der gerade auf einen großen Fisch aufpaßte, brummelte etwas unwirsch: „Nimm mehr!“

Da schüttelte Kasperle die ganze Börse in seine Hosensäcklein und lief zu Bob. „Da,“ rief er, und das Geld kollerte in der Stube herum.

Es ist schwer, es jemand recht zu machen. Bob rief erschrocken: „Aber Kasperle, das ist zuviel.“ Dann zählte er sein Sümmlein ab und gebot: „Das andere trägst du Mister Stopps zurück und sagst ihm noch schönen Dank.“

Kasperle rannte wie besessen den Weg zurück, wollte Mister Stopps das Geld geben, das entrutschte ihm und kollerte ins Wasser. Der Fisch, der just anbeißen wollte, schwamm fort, die Angelschnur zerriß, und Mister Stopps rief vorwurfsvoll: „Oh Kahs – pärle, du sein böse!“

„Nä, ich bin dir nicht böse, Mister Stopps!“ Kasperle fiel Mister Stopps um den Hals, der fiel um, und der Wirrwarr dauerte erst eine Weile, ehe Kasperle erzählen konnte, warum er sich Geld gewünscht hatte. Florizel hätte keines, Angela hätte keines, und doch wollte Florizel Angela zu ihrer Großmutter nach Rom bringen. „Die will er dann heiraten!“

„Uen – die Großmutter?“

„Hach! nä, Angela!“ Kasperle lag auf seinem Bäuchlein vor Lachen und schnaufte und quiekte, so komisch kam ihm Mister Stopps’ Frage vor. Und schließlich mußte der ernsthafte Herr herzlich mitlachen. Auch war ihm die Reise der beiden recht, zumal Florizel an ein Wiederkommen dachte. Wenn er aber mit Angela verheiratet war, dann konnte der böse Oheim sie nicht wiederbekommen, und Herr von Löwenzahn sie auch nicht heiraten. Schon am nächsten Morgen reisten die beiden ab, und Florizel sang dazu sein Lied vom Scheiden und vom Wiedersehn. Kasperle hätte sonst vielleicht geweint, wenn das Wiedersehen nicht dabei mitgeklungen hätte. So lief es vergnügt der Kutsche nach, purzelte lustig in das Haus zurück und brachte dort die alte Angela so zum Lachen, daß diese meinte, in ihrem ganzen Leben hätte sie nicht einen solchen Kauz wie das Kasperle erblickt. Und dann legte sich Kasperle in den Garten, ließ sich die Sonne auf die Nase scheinen und fand die Welt wunderschön.

Zwei Tage vergingen so hin in Frieden und Heiterkeit, am dritten aber rasselte ein Reisewagen vor das Haus, just als Kasperle vor dem Hause saß und von allem Sonnenglanz ein wenig dösig war.

„Hallo, da – ist Kasperle!“ Herr von Löwenzahn, er war es wirklich, lief auf ihn zu und schrie ihn an: „Ist Angela im Haus?“

„Nä, im Garten.“ Kasperle gähnte und sah Herrn von Löwenzahn erstaunt an. War er etwa vom Himmel gefallen?

„Ruf sie!“ gebot der.

„Was willste denn von ihr?“

„Man nennt mich gnädiger Herr.“

„Meinetwegen,“ brummelte Kasperle schläfrig.

„Heiraten will ich sie," rief der kleine, dicke Herr und stampfte mit dem Stock auf, „gleich heiraten. Geh flink, hole sie!"

Da rannte Kasperle davon, und drei Minuten später kann er mit der alten Angela an. Die hielt sich die Schürze vor das Gesicht. Es kam ihr doch sonderbar vor, daß ein adeliger Herr sie so auf der Stelle geschwind heiraten wollte.

„Da, sie will dich nicht!" rief Kasperle.

„Wenn's aber durchaus sein muß, –" Angela nahm die Schürze vom Gesicht, und Herr von Löwenzahn schrie laut: „Das ist nicht Angela."

„Doch ich bin's."

„Das ist eine Lüge."

Patsch schlug ihm Angela, die ein handfestes Weiblein war, den Hut vom Kopf. „Ich lüge nie, und was will Er eigentlich von mir?"

„Heiraten will er dich," Kasperle krähte wie ein Hähnlein. „Heiraten, hei – raten."

„Die doch nicht, die junge Angela will ich."

„Ach," sagte Bob, der hinzugekommen war, gelassen, „die ist bei ihrer Frau Großmutter und heiratet den Sänger Florizel. Wenn Sie sich recht, recht sehr sputen, kommen Sie gerade zur Hochzeit."

Und so war es auch. Die schöne Angela heiratete in Rom den Spielmann Florizel, und Herr von Löwenzahn, die Tante und der griesgrämige Oheim konnten noch so viel schelten, weinen und brummen, den Kutscher noch so sehr zur Eile antreiben, sie kamen wirklich zu spät.

Kasperle freute sich, und Kasperle war traurig, denn er dachte, Florizel würde nicht wiederkommen, doch Bob tröstete ihn. Florizel und Angela dürften, solange sie wollten, in Mister Stopps schönem Hause wohnen, und sie würden schon wiederkommen.

„Mister Stopps ist doch gut," meinte Kasperle nachdenklich.

„Ja, das ist er." Bob dachte freilich, etwas sonderbar wäre zwar sein Herr, aber das sagte er nicht.

Da rannte Kasperle davon und suchte Mister Stopps und fand ihn in seinem Schlafzimmer. „Oh Mister Stopps, du bist gut!"

Wenn Kasperle jemand so anrannte, so mußte man schon feststehen. Mister Stopps stand aber nicht gerade fest, er wankte und setzte sich in eine große Badewanne. „Oh Kahs – pärle," rief er, „ich sitzen im Uasser!"

„Das schadet nichts," schrie Kasperle vergnügt, „ich habe schon mal im Heringsalat, in der Schlagsahne, im Pudding, in –"

„Oh, ich ueiß, aber du bist ein Kasperle." Mister Stopps seufzte, stand auf und dachte: „Es ist manchmal schlimm mit einem Kasperle." Dann sah er in des Kleinen gutherziges Gesichtlein und sagte froh: „Ich habe dich sehr lieb, mein Kahs – pärle."

„Ich dich auch, Mister Stopps," antwortete Kasperle. „Aber gelt, nun gibt es bald Ferien."

„Erst reisen wir nach Italien."

„Hurra!" schrie Kasperle, „das wird fein, wir reisen nach Italien! Da sind Florizel und Angela, Michele und Rosemarie auch. Hurra! Hurra! wir reisen nach Italien! Hurraaa!"